Ma mère n'est pas un philodendron

Du même auteur
aux Éditions J'ai lu

Pourquoi ma mère me rend folle, *J'ai lu* 6244

Françoise Laborde

Ma mère n'est pas un philodendron

J'AI LU

... Et puis, la miraculeuse maladie de l'indifférence – oui, j'écris bien la miraculeuse maladie – est arrivée. Est-elle venue ? s'est-elle imposée ou se l'est-il donnée pour supporter le désespoir de ne plus pouvoir surmonter cette fatigue stérile ? C'est désormais sans importance. La maladie était là. Elle occupait tout. Mais je crois, je veux croire, que le désespoir a alors disparu.

Françoise XENAKIS,
Regarde, nos chemins se sont fermés.

Avant-propos

En écrivant *Pourquoi ma mère me rend folle*[1] sur la maladie d'Alzheimer dont celle-ci était atteinte, je ne pensais pas que ce livre rencontrerait un tel écho. Je voulais offrir un témoignage sur les ravages qu'une maladie lente et sournoise, qui conduit à la folie irréversible, peut engendrer au sein d'une famille. Une famille que j'estimais plus prédisposée qu'une autre à la névrose collective, et incapable d'affronter ce naufrage de la démence. J'ai alors choisi de transposer noms et lieux afin de mieux signifier que c'était là ma version personnelle de cette histoire, mes sentiments et commentaires, mais qu'en aucune façon je ne prétendais dire le vrai ni rendre compte objectivement de la réalité. Pour mieux souligner la subjectivité de mon regard, j'avais donc choisi un genre que certains éditeurs appellent pudiquement « auto-fiction ». Terme élégant pour indiquer qu'on parle de soi mais qu'on fait semblant, comme disent les enfants.

Le livre une fois publié, j'ai mesuré que ce témoignage avait aussi une autre portée. Il y a eu d'abord la réaction familiale, ou plutôt l'absence de réaction. Officiellement, personne, ni mon père ni mes sœurs, ne

1. Ramsay, 2002.

l'avait lu. Difficile, dans ces conditions, d'obtenir un avis. Mais ce silence valait à l'évidence condamnation de ma démarche. Par la suite, j'ai reçu nombre de témoignages, de courriers de lectrices et de lecteurs, de parents ou d'enfants de malades, qui m'ont dit avoir trouvé dans mon livre l'écho de leurs propres tourments familiaux. Je croyais avoir écrit une histoire singulière et je découvrais qu'elle était commune à bien des familles. Que tous – celles et ceux que j'ai rencontrés dans des salons du livre, à l'occasion de conférences, ou qui m'ont écrit – sachent combien j'ai été sensible à leur approbation et à leurs encouragements.

J'ai aussi été approchée par plusieurs équipes médicales qui travaillent sur cette maladie et ignorent le plus souvent comment ses effets se traduisent dans la vie des familles. Ces chercheurs qui m'ont demandé de venir témoigner au cours de certains colloques m'ont beaucoup appris. Eux aussi m'ont fait comprendre que je décrivais des symptômes communs, que j'avais donné un « tableau clinique » des comportements propres aux malades d'Alzheimer et à leur entourage.

Enfin, mes confrères journalistes, dont je redoutais la critique, ont accueilli avec intérêt et indulgence cet ouvrage. L'un d'eux m'a même demandé si j'avais le sentiment d'avoir brisé un tabou. Sur le coup, le mot m'a fait sourire. Puis, à la réflexion, j'ai pensé qu'il n'avait peut-être pas tort. Car si, aux États-Unis par exemple, plusieurs personnalités, dont l'ancien président Ronald Reagan, ont rendu publique leur maladie, en France aucune de nos célébrités n'est officiellement atteinte de cette maladie alors même qu'elle touche, annuellement selon les statistiques, plus de deux cent mille de nos concitoyens ! Étonnant, non ?

Au bout de quelques mois, ce livre, d'abord si incongru pour la famille, a fini par y être accepté. Que l'on se rassure : nous avons toujours des discussions, des disputes sémantiques sur le mode : « Mais non ! Elle n'est pas folle, elle a la maladie d'Alzheimer ! » ; ou encore : « Mais comment peux-tu parler de démence ? – Mais parce que c'est exactement comme ça que ça s'appelle en français ! »

L'histoire familiale est donc loin d'être terminée, et j'ai pris conscience que ce projet de livre allait sans doute me conduire au-delà de ce que j'avais imaginé. Il y a en effet encore beaucoup à dire sur la maladie d'Alzheimer, et j'ai eu envie de faire partager cela. Je veux parler de tout ce que j'ai appris depuis la publication du premier ; ce que les « savants » connaissent, mais pas, ou pas toujours, le grand public. J'ai eu aussi envie de redonner un peu d'espoir aux malades et à leurs proches – parce que je crois qu'il y en a.

Pour la commodité de l'écriture (et de la lecture), j'ai conservé dans ce second ouvrage les lieux et les noms du premier... Ainsi, chacun s'y retrouvera !

Chapitre premier

Le côté obscur de la Force

(automne 2002)

Désormais, elle ne parle plus, ou si peu... Elle ne semble plus inquiète ni effrayée, ni en attente de quoi que ce soit. Elle trottine toute la journée d'un bout à l'autre de la maison. Parfois elle s'arrête, déplace un bibelot, caresse la table. D'autres fois, elle empile les chaises dans un coin de la pièce. Elle est toujours en mouvement ! Si on ne la surveille pas, elle peut manger les croquettes du chat...

Par moments, elle entre en conversation avec le philodendron. Elle caresse les grandes feuilles découpées de la plante en répétant : « C'est bien, c'est bien ! » comme on encourage un enfant ; elle tente ensuite de casser les lianes qui retombent de la tige centrale : vengeance ? volonté de castration ?

Elle sort de moins en moins, même pour faire un tour au jardin. Elle trébuche volontiers, bien qu'elle n'ait aucune difficulté à marcher. C'est désormais la seule fonction qui ne soit pas altérée chez elle, et c'est d'ailleurs pourquoi elle n'est pas considérée comme « handicapée » selon les critères de la Sécu : « Elle marche, non ? » Que répondre à ça ?

Mon neveu Charles, qui est allé la voir à Saint-Hilaire, me téléphone.

— Grand-mère est tombée, hier, dans le jardin.

— Elle s'est fait mal ?

— Non, mais elle est restée bloquée sur la VO !

Je l'entends rigoler.

— Mais qu'est-ce que tu racontes ? Je n'y comprends rien !

— Elle ne parle plus français, elle s'exprime dans sa langue maternelle, en version originale – en VO, quoi !

Charles a ce rare talent de trouver l'expression la plus cocasse, la moins dramatique pour décrire la situation la plus pathétique.

— Et alors ? Qu'avez-vous fait ?

— Rien, c'est revenu. On lui a tous parlé anglais pendant la journée, et le lendemain elle avait retrouvé le français.

— Vraiment, il n'y a que toi pour trouver des formules pareilles !

En raccrochant, j'en ris encore. C'est lui qui est dans le vrai : la prendre telle qu'elle est, savoir s'amuser avec elle, même à ses dépens… De toute façon, on ne risque plus de la vexer, à présent !

Les promenades extérieures sont donc réduites au minimum. Elle ne doit plus sortir sans être accompagnée. Elle qui aimait tant se promener sous les chênes d'Amérique, dans cette partie du jardin qui surplombe les vignobles, près de l'étang…

Alors elle reste à la maison, dans la grande salle du bas. Elle tourne en rond. Elle n'arrête jamais. Il paraît que les malades d'Alzheimer parcourent en moyenne dix-sept kilomètres par jour !

Papa, que ce manège agace, lui lance parfois un ordre bref : « Mais assieds-toi ! » Elle ne comprend évidemment pas. Lui fait comme si elle n'avait pas entendu et hausse les épaules, fâché contre elle, fâché surtout contre la maladie. C'est sa façon à lui de tenir bon. Il n'a toujours pas admis ce scandale : que sa femme chérie soit devenue démente, une pauvre vieille qui ressemble au « ravi » de la crèche – *lou ravi*, l'innocent, l'idiot du village...

Ironie de ce drame familial : j'avais toujours pensé que la fin idéale était à l'évidence la plus tardive possible, et de préférence à l'état de petite vieille gâteuse. Longtemps j'avais asséné ce genre de déclaration : « J'aspire à mourir très âgée et ayant totalement perdu la tête, comme ça, je ne me rendrai compte de rien ! » Je pensais que le gâtisme était une forme de privilège accordée à certains humains pour leur épargner une confrontation lucide avec la Grande Faucheuse. Ne pas voir la mort arriver, s'endormir à jamais dans la sérénité de l'inconscience ! Un peu comme dans ces mythes biblico-antiques où le héros devient aveugle pour ne pas voir l'horreur de ce qui va lui advenir. Ainsi Œdipe qui perd la vue parce qu'il a accompli ce qui ne saurait se contempler.

Faut-il donc devenir aveugle pour ne pas voir ce qui est advenu ou ce qu'il adviendra ?

Faut-il donc devenir gâteux pour accepter sa « fin ultime » ?

Mais voici que la réalité me rattrape et que sur cette fanfaronnade vient se greffer un trouble plus œdipien. Quelle fille suis-je donc pour ne pas arriver à considérer la maladie de Maman comme un drame, mais comme une forme de délivrance ? Ai-je donc moi-même si peur de la mort pour être consolée à l'idée que Maman ne se verra pas mourir ? Une vieille angoisse tapie au fond de moi me fait dire OUI !

Pourtant, la réponse n'est pas si simple, car le gâtisme n'arrive pas comme on le souhaiterait et la folie n'est jamais douce. Il ne s'agit pas d'un moment d'absence précédant la mort, comme on subirait une anesthésie générale avant l'opération... Non, c'est une lente et profonde dégradation de la personnalité, un reflux de soi qui se produit par vagues successives et dont on a parfaitement conscience. Je suis sûre que Maman s'est vue sombrer dans la maladie, qu'elle a senti venir cette démence qui allait lui dévorer le cerveau, et je crois maintenant que cette douleur-là est inhumaine à tous les sens du terme, car elle n'est plus celle d'un être doué de raison.

Je révise donc mon jugement : je ne souhaite pas finir gâteuse. Je veux mourir le plus tard possible, et en bonne santé. Mourir d'un arrêt du cœur, dans mon sommeil, en pleine possession de mes capacités mentales. Je consens tout au plus à une vague sensation de fatigue au moment du coucher. C'est ça, mourir d'un coup, mais le plus tard possible...

Car, au fond, ma véritable angoisse, aujourd'hui, n'est plus de savoir si Alzheimer peut être acceptable – ça ne l'est pas, ça ne peut l'être qu'au prix d'un énorme effort de dérision –, mais de savoir si ce destin tragique ne va pas se reproduire de génération en génération... D'où une profonde sensation de malaise : « Tu l'as voulu, tu vas l'avoir ! » tonne une voix intérieure. Un peu comme la statue du Commandeur foudroie Dom Juan qui a voulu la défier...

Mon premier psychanalyste – oui, bien entendu, je ne fais rien simplement, il m'a fallu me confronter avec plusieurs de ces praticiens pour arriver non pas à trouver des réponses, mais à tout le moins à formuler mes questions –, cet analyste, donc, m'expliqua que l'angoisse de l'avenir – la réponse aux interrogations fondamentales posées dans toutes les tragédies antiques : « Où suis-je ? Où cours-je ? Dans quel état j'erre ? », selon la formule revue et révisée par Georges Fourest dans *La Négresse blonde*, à moins que ce ne soit Pierre Dac – dépendait essentiellement de l'inconscient collectif véhiculé par les différentes civilisations. Ainsi, en Inde ou au Japon où l'individu n'a aucune valeur intrinsèque (seul compte le groupe auquel il appartient), l'idée même d'avoir un destin personnel n'a pas de sens.

Le seul but individuel consiste à obéir aux règles édictées par le groupe pour contribuer à en renforcer la cohésion. La part de choix personnel est donc réduite au talent dont on fera preuve dans le respect de la règle ! Faute de quoi, on se retrouvera exclu ou, comme l'héroïne d'Amélie Nothomb dans *Stupeur et tremblements*, « contrainte de manier le balai dans les toilettes pour femmes », autrement dit aux chiottes – moderne variante du cul-de-basse-fosse médiéval !

Pauvres enfants occidentaux que nous sommes, gavés de rêves inaccessibles (« Un jour, tu rencontreras l'homme ou la femme de ta vie ») et d'injonctions parentales : « Quand tu seras plus grande, mais passe d'abord ton bac ! » Résultat de cette éducation navrante : il faut à tout prix « réussir » sa vie, réaliser quelque chose de plus grand que ses aînés, ce qui débouche inévitablement sur une frustration.

Évidemment, la posture japonaise (si je puis dire...) requiert une grande maîtrise de ses impatiences et une bonne dose de fatalisme. Bref, le contraire de l'esprit « Star Academy », et c'est à ce genre de réalité-là qu'on mesure mieux la supériorité de l'inconscient japonais sur le nôtre !

« Il faut avoir la force de la volonté », énonçait ma grand-mère qui était sage sans être nipponne. C'est un viatique qu'elle m'a laissé et qui vaut, avec le recul, bien des analyses... Tenir à distance l'angoisse dévoreuse de sommeil et d'énergie, la peur stérile et envahissante ; produire, travailler pour ne pas tomber. Comme un coureur cycliste qui doit toujours pédaler pour garder l'équilibre sur sa machine, ne pas verser dans le fossé, ne pas tomber du *côté obscur de la Force.*

Je suis le dernier chevalier Jedi d'Alzheimer ! La Force est dans ma famille, mais Dark Vador rôde autour de moi. Dark Vador, c'est la mort cérébrale. Celui qui est devenu une machine dépourvue de tout sentiment… Dark Vador est le premier héros atteint d'Alzheimer : la preuve, il ne reconnaît plus ni son fils ni sa fille. Du moins si… j'ai bonne mémoire !

Je n'en ai pas fini avec mes interrogations sur Alzheimer, et je ne suis pas la seule. En essayant de mieux cerner le mal dont souffrait Maman, j'ai découvert que cette question du « pourquoi » a même divisé un temps la profession médicale. Pour les tenants du psychisme, Alzheimer a pu apparaître comme une sorte de rétraction de la personnalité, une perte de tous les repères face à l'angoisse de la mort. Mais quand les neurologues ont découvert, *post mortem*, l'état du cerveau des patients atteints, ils en ont conclu qu'il s'agissait d'une dégéné-rescence purement physiologique : le cerveau se trouve peu à peu dévoré par une « plaque sénile » qui progresse comme une coulée de lave et engloutit sur son passage tous les neurones.

Du coup, les psys se sont désintéressés de l'Alzheimer, et les neurologues ont cherché désespérément à trouver le moyen de stopper le développement de la « plaque sénile », à défaut de pouvoir ranimer les neurones morts.

Aujourd'hui, les deux « écoles » se sont rapprochées, car les psys peuvent aider les malades à faire face à l'angoisse des premiers symptômes et à les diagnostiquer, tandis que les neuros reconnaissent que d'une personne à l'autre la maladie peut évoluer différemment selon la personnalité du patient et son entourage.

Évidemment, les spécialistes de l'Alzheimer ne disent pas les choses de cette façon, mais moi, qui n'ai aucune compétence médicale, je puis me permettre quelques raccourcis !

CHAPITRE 2

Le choix de Papa

(hiver 2002)

Ils sont définitivement installés dans la maison de Saint-Hilaire, près de Saumur. Papa a fermé la grande demeure de Nantes. Ils n'y retourneront plus. Bien sûr, rien n'a été formulé de la sorte, ça n'est pas le genre de la famille d'annoncer haut et fort ses intentions, et Papa prend ses décisions seul. Mais mes sœurs et moi avons intégré cette idée : ils ne retourneront plus à Nantes.

Ici, Papa n'a pas peur qu'elle se perde. Car elle sort, elle se sauve à toute heure du jour et même de la nuit, parfois habillée, parfois à moitié nue. Elle dit qu'elle veut rentrer chez elle, que sa maman l'attend. Comme tous les malades avancés, elle ne reconnaît plus sa maison, son entourage, et s'imagine qu'elle est d'« ailleurs ». C'est ça aussi, l'Alzheimer : elle appartient peu à peu à un autre monde. Comme diraient mes fils gavés de feuilletons télévisés de pseudo-science-fiction : « Elle a traversé un vortex spatio-temporel… »

Il y a un peu de cela ! Et je ne suis pas loin de penser moi aussi qu'elle a franchi la « porte des étoiles » et qu'elle ne peut plus revenir parmi nous, les vivants d'aujourd'hui !

Je me rappelle soudain que le grand-père irlandais, son propre père, quand il rentrait de ses « échappées » dans les bars du port de Nantes, expliquait avec son fort accent : « Ces gens, ils m'ont dit, là-bas… eux, à moi… » et il pointait du doigt une direction improbable où étaient censés se trouver ses « amis ». Comme il ne rechignait jamais à trinquer, nous pensions que l'ivresse lui faisait perdre son chemin dans les rues de Nantes. Il lui arrivait de monter dans un autobus quelconque jusqu'au terminus, et il nous fallait le chercher de bar en bar, appeler le service des urgences, prévenir la police. Quand on avait fini par le retrouver et qu'il nous contait ses aventures avec ses « amis », ça nous faisait rire et nous mettions alors ces virées sur le compte de quelques whiskies de trop. Maman avait fini par coudre notre adresse et notre numéro de téléphone au revers de tous ses vestons. Avec le recul, je pense que lui aussi avait passé la « porte des étoiles ». Aujourd'hui, Papa use du même stratagème : il a fait graver ses coordonnées sur une gourmette en argent scellée au poignet de Maman afin qu'elle ne puisse pas l'ôter.

Mais ici, à Saint-Hilaire, ce n'est pas toujours nécessaire. Tout le monde connaît Marion, ma mère, et sa maladie. Si un villageois la croise seule, il n'a nul besoin de lui demander ce qu'elle fait ni si elle est perdue. Tous savent qu'elle est quelque peu « dérangée » et qu'il faut la reconduire avec beaucoup de douceur à la maison.

Au reste, elle a longtemps pu faire illusion. Avec les tiers, les étrangers, elle trouvait une réponse cohérente, quelles que fussent les circonstances. Le jour, elle expliquait qu'elle cueillait des fleurs des champs pour confectionner un bouquet (alors que le jardin en est rempli) ; la nuit, qu'elle était précisément sortie en quête d'une aide parce qu'elle s'inquiétait pour Papa… Déjà, elle ne reconnaissait pas toujours celui qui dormait dans la chambre d'à côté et s'inquiétait de l'absence de son mari…

À la campagne, ce sont des choses qui se savent mais qui se taisent. Nul ne se risquait au moindre commentaire en ramenant Maman. Et Papa était sans doute soulagé de sentir autour d'eux cette toile invisible faite de compassion et de silence.

Oui, la maison de Saint-Hilaire était décidément mieux adaptée. La grosse demeure qui avait abrité l'enfance de Papa. Le ventre de la famille, en somme, où chacun avait sa place, son histoire, ses souvenirs.

Et puis, même s'il n'en parle jamais, c'est à Saint-Hilaire que se trouve le caveau de famille. Étrangement cette proximité avec le cimetière le rassure. Comme s'il n'y avait plus rien d'autre à faire qu'attendre. Je l'ai compris à certaines réflexions qu'il lâchait parfois par bribes : « Tu comprends, ma chérie, si jamais il nous arrive quelque chose, à ta mère ou à moi... Ici, c'est plus facile... »

Oui, je comprends, Papa, vous êtes sur place, en quelque sorte, et l'ombre des cyprès te paraît déjà familière.

Il dit aussi parfois : « Je n'attends que la mort », et, pour qu'on ne se méprenne pas, il précise : « J'attends de mourir. » Puis son regard désolé se porte sur son épouse et il soupire, car il sait qu'il n'a même plus le choix de mourir avant elle. Il ne veut pas qu'elle « finisse dans une de ces maisons », et même lorsque nous lui remontrons qu'il pourrait à tout le moins se renseigner, il répond : « Oui, oui », d'un air las, pour ne pas avoir à reprendre cette conversation que nous avons eue, tous et toutes, sur la meilleure façon de prendre en charge Maman.

Sans doute a-t-il aussi longtemps espéré que le mal n'était pas irréversible, qu'il allait se réveiller de ce cauchemar. Alors, en attendant, il fallait ne rien faire, ne rien laisser paraître. Comme dans *La Belle au bois dormant* : la Belle se pique et s'endort, mais elle n'est pas morte. En attendant qu'elle se réveille, tout le château, des duchesses aux servantes, des animaux aux plantes, s'assoupit autour d'elle. Car elle va se réveiller un jour et tout redeviendra comme avant. Il faut pour cela que le Prince l'embrasse. Peut-être Papa a-t-il espéré que son amour pour elle la ramènerait un jour sur les rives de la conscience, que ses neurones étaient endormis et non pas détruits. Lui a-t-il déposé un baiser dans son sommeil ? Peut-être : nous n'en avons jamais parlé...

À vrai dire, ce sont les débuts de la maladie qui ont été les plus éprouvants, pour elle comme pour nous. Parce que nous ne savions pas à quoi nous attendre. Parce que chacun de nous avait une « interprétation » personnelle de ce que l'on ne nommait pas encore sa maladie.

Je l'ai écrit ailleurs : Alzheimer dévore le cerveau du malade et, par une contagion insidieuse, contamine les autres membres de la famille, causant beaucoup de « dégâts collatéraux », comme disent les militaires.

Je reprends les fiches que j'avais rédigées pour décrire chacun de nous, jouer les « profileurs », comme s'il fallait trouver l'auteur de quelque crime. Elles sont encore valables, même si j'y ai apporté quelques correctifs[1].

FICHE 1

Mathilde : *quarante-six ans. La fille aînée. Divorcée, mère de deux enfants : Charles, vingt-six ans ; Anne, vingt-trois ans.*

Grande rousse, yeux verts, de la classe à revendre, manque pourtant totalement de confiance en soi :

Kinésithérapeute. Travaille dans un cabinet qu'elle a ouvert avec deux consœurs, comme si elle avait voulu reconstituer la triade originelle.

---

1. Les passages en italique sont extraits de *Pourquoi ma mère me rend folle*, reproduits ici avec l'aimable autorisation des éditions Ramsay.

A toujours eu des relations difficiles avec sa mère. Sans doute le résultat d'un abandon durant l'enfance. Alors qu'elle n'avait que six mois, Mathilde a été « confiée » près d'un an à une tante. Maman, enceinte de son deuxième enfant, était trop fatiguée pour s'occuper de son premier bébé. Quand elle est revenue la chercher, Mathilde ne la reconnaissait plus, ne voulait plus quitter sa tante.

Enfant turbulente, élève médiocre. Envoyée en pension à l'adolescence : a-t-elle commis là quelque bêtise ? A reçu des fessées spectaculaires de son père qui la poursuivait dans les escaliers de la maison avec un martinet – « petit fouet à lanières encore utilisé dans les maisons bourgeoises de la fin du XX*e siècle », comme dit le dictionnaire.*

Se marie très tôt, à vingt ans, contre le gré de ses parents, et divorce quatre ans plus tard comme pour leur donner raison. Revient habiter près du domicile parental avec ses deux enfants.

N'a pas complètement coupé le cordon ombilical. Continue à s'occuper de ses parents sans jamais oser s'opposer à eux.

Régulièrement désignée par sa mère comme « cette pauvre Mathilde », expression qui a le don de l'exaspérer (on la comprend !).

N'a pas le souvenir d'avoir été cajolée par sa mère. Quand elle évoque son enfance, explique : « Elle n'était pas méchante, ça non... mais câline avec moi, jamais ! »

Estime que sa mère simule ses pertes de mémoire parce qu'elle ne veut pas regarder en face la réalité de sa propre vie. Refusant de faire de cette mère défaillante un objet de compassion, Mathilde prend-elle aujourd'hui sa revanche en niant sa maladie ?

Voici quelques années, nous avons eu une rare et longue conversation sur ses sentiments à l'égard de Maman. J'étais passée la voir à son cabinet où elle m'avait reçu entre deux patients.

Assise très droite derrière son bureau, elle feuillette machinalement son agenda. Elle n'a pas beaucoup de temps – ou plutôt elle n'a pas très envie de s'attarder sur le sujet. Je la trouve irritée, plutôt sévère. Toujours le même air las.

— Tu sais, je crois que Maman en rajoute. Tout ça, c'est aussi beaucoup de cinéma. Sa manière à elle de faire encore une fois parler son égoïsme.

— Mais, Mathilde, ça n'explique pas tout ! Elle est peut-être réellement malade.

— Malade ? Elle ?

Exaspération dans la voix. Elle se lève et se dirige vers la fenêtre. Elle contemple la rue, l'esprit ailleurs. Se retourne.

— Enfin, Isabelle, tu le sais bien, toi, qu'elle n'a jamais pensé qu'à elle ! Est-ce que tu l'as vue une fois, une seule, se lever le matin pour nous préparer le petit déjeuner ou nous accompagner à l'école ? Non, n'est-ce pas ? C'était toujours Papa qui nous houspillait parce qu'on ne se préparait pas assez vite. Elle, elle émergeait de son lit à neuf heures ! « J'ai mal dormi, je suis fatiguée… » On la connaît, la chanson !

Elle se rassied, prend une cigarette.

— Mais fatiguée de quoi ? On se le demande : elle n'a jamais travaillé et elle avait une bonne à temps plein. Tu te souviens de la sonnette, sous la table de la salle à manger, pour se faire servir à table ?

— Non, je ne me rappelle pas : une sonnette sous la table ? Tu ne crois pas que tu en rajoutes ?

— Pas du tout ! Elle l'actionnait avec le pied pour faire venir la bonne de la cuisine. Je ne sais pas si elle l'avait fait installer, ou si l'appartement avait été conçu comme ça, mais je peux t'assurer qu'elle s'en servait ! Et plutôt dix fois qu'une !

— Mais enfin, cette sonnette n'a rien à voir avec son délire !

— Peut-être... Mais c'est pareil : c'est du cinéma pour épater la galerie. Elle a joué à la grande bourgeoise et elle joue maintenant à la malade...

Elle relève la tête et souffle la fumée de sa cigarette par le nez, comme un taureau furieux. Elle me fixe sans aménité.

— Elle a toujours fait semblant, toujours, d'être une bonne mère, d'être une bonne épouse... Elle a passé sa vie à se dire qu'elle méritait mieux – la grande vie, le grand amour... Elle a toujours été incapable de se satisfaire de ce qu'elle avait. Mais elle n'a jamais eu le courage d'oser quoi que ce soit pour y parvenir. Une petite-bourgeoise frustrée, voilà ce qu'elle a toujours été. À côté d'elle, Emma Bovary, c'est Simone de Beauvoir !

Je ris à ce dernier trait. Elle me sourit à son tour, sa colère retombée d'un coup.

Elle éteint sa cigarette. Cache le cendrier dans le tiroir de son bureau et va ouvrir la fenêtre pour aérer la pièce... L'entretien est clos. Je m'abstiens de tout commentaire. On s'embrasse en se serrant un peu plus fort que d'habitude. Je promets de revenir la voir.

Voilà ce que j'ai écrit sur Mathilde il y a déjà presque cinq ans. Depuis lors, son regard sur la maladie et sur Maman a beaucoup évolué.

La grande différence, c'est qu'elle vit désormais dans la maison de Saint-Hilaire. Elle occupe une partie du premier étage où elle a fait aménager un semblant d'appartement privé en s'appropriant deux des chambres de l'étage contigu à la tourelle. Avec beaucoup de goût, elle a abattu la cloison qui séparait l'escalier de la tourelle de la première chambre, ce qui lui fait un joli salon-bureau d'angle donnant des deux côtés de la maison et communique directement avec la grande chambre du milieu. Les deux autres chambres mansardées de l'étage sont restées telles quelles, avec leurs vieux lits-bateaux, leurs tables de toilette de marbre « à l'ancienne », leurs grandes armoires qui grincent.

En me faisant visiter son nouveau domaine, elle me dit, mi-figue, mi-raisin :

— Tu vois, ici je peux m'isoler, j'ai un petit chez moi.

— Elle ajoute, en souriant d'un air un peu las :

— Et puis, j'ai ma tourelle. Je suis comme sœur Anne, désormais : je regarde et ne vois rien venir !

Mathilde a subi un « revers de fortune », comme on disait dans les romans du XIXe siècle. À Nantes, une des associées kinésithérapeutes de son cabinet médical fraudait le fisc et la Sécu ! Découverte, elle a filé avec la caisse. Il a fallu rembourser et fermer boutique en attendant la fin des « investigations ». Mathilde redoute d'être soupçonnée de complicité et craint de ne plus pouvoir exercer.

Ç'a été un coup très dur pour elle. Elle avait mis des années à monter cette affaire. Déprimée, sans ressources, elle est venue passer l'été à Saint-Hilaire, puis, comme si le cercle s'était refermé sur elle, elle n'en est plus repartie. Elle a rendu son appartement de Nantes dont le loyer était trop élevé et s'occupe désormais de Papa et Maman.

— Ils ne sont plus en état de rester seuls, tu sais. Et moi... Pour ce que j'ai à faire, maintenant... Autant rester ici. Au moins je me rends utile : parfois, un voisin qui s'est luxé le coude ou foulé un poignet m'appelle... Et puis, au fond, je suis mieux ici.

Elle reste un instant silencieuse, pensive, puis reprend :

— Après tout ça, j'ai besoin de respirer, d'être un peu loin de la ville.

— Mais tu tiens le choc, avec Papa et Maman ?

— Pour l'instant, ça va. Heureusement que Papa m'a permis d'aménager le premier étage, sinon... je crois que je craquerais !

Elle se lève, comme impatiente de bouger :

— Mais tu sais, maintenant, le plus difficile, ce n'est pas Maman, c'est Papa.

— Elle allume une cigarette. Il me semble qu'elle fume davantage encore depuis qu'elle ne travaille plus. Je ne dis rien ; elle n'a pas tellement l'occasion de raconter ce qui lui pèse tant. Elle enchaîne, en contemplant la fumée de sa cigarette.

— Elle, bien sûr, il faut la surveiller tout le temps. Il ne faut rien laisser traîner : l'autre jour, elle a mangé un mégot que j'avais laissé dans le cendrier ! (Elle se met à rire). En ce moment, son truc, c'est d'empiler les livres. Elle a vidé tout un rayon de la bibliothèque et les a mis en tas au milieu du tapis, devant la cheminée... Tu vois, là est le danger : comme elle ne sait plus ce qu'elle fait, elle peut aussi bien se croire à un jamboree et faire un feu de camp au beau milieu du salon !

Elle s'esclaffe de bon cœur, puis, les yeux baissés sur le cendrier où elle dépose lentement la cendre de sa cigarette, elle enchaîne d'une voix accablée :

— Le plus dur, c'est Papa. Il est de plus en plus tyrannique : pas le droit d'écouter de la musique, pas le droit d'inviter des amis... Et je ne te parle pas des horaires ! Déjeuner à midi, dîner à 19 heures, extinction des feux à 20 heures. Il a fallu que je me fâche pour qu'il accepte de laisser les volets du bas ouverts quand il va se coucher ! Tu te rends compte : alors qu'il faisait encore plein jour, je me retrouvais bouclée à double tour comme dans un mausolée !

— Je ne sais comment tu y arrives !

— Oh, maintenant que j'ai mes appartements, ça va mieux. Le plus souvent, je reste en haut, je travaille sur mon ordinateur, j'envoie mes mails. Je profite du bas quand ils sont couchés.

Je ne comprends pas comment elle parvient à jouer ce rôle de double « accompagnante » : surveiller Maman, supporter Papa. C'est bien lourd et je ne connais pas beaucoup d'enfants qui seraient capables d'un tel sacrifice. Mais peut-être est-ce chez elle une façon de se réconcilier avec eux et avec une enfance perdue...

Depuis qu'elle est revenue à Saint-Hilaire, on communique beaucoup par e-mail. Je l'incite à m'écrire pour me raconter ses journées, les anecdotes du quotidien avec Maman. Je me dis que ça lui permet d'évacuer le stress de cette vie austère et pesante. Je ne lui ai pas caché que je comptais aussi m'en servir pour écrire la suite de nos « aventures ».

Mathilde en a été d'accord

FICHE 2

Clotilde : *quarante-cinq ans, la cadette. Divorcée, mère de trois filles : Gaëlle, quatorze ans ; Inès, onze ans ; et Fiona, huit ans.*

Très mince, très blonde, très fine. Un côté fragile et gracile dont elle joue volontiers.

Docteur en philosophie, premier prix du Conservatoire d'art dramatique de Nantes. Anime aujourd'hui une émission de télévision sur le câble consacrée au théâtre et au cinéma.

Brillante élève, enfant facile. A toujours été très proche de sa mère. Considérée comme la « chouchou » par ses sœurs qui n'y trouvaient rien à redire, et comme l'enfant idéale par sa mère qui la jugeait « un peu trop sensible, peut-être... ».

A été gravement malade à l'âge de quatre ans. Les pédiatres diagnostiquèrent une forme précoce d'anorexie liée à la naissance de sa petite sœur : « Votre fille est tout simplement jalouse », expliqua le médecin à sa mère qui redoubla d'attentions à son égard.

A beaucoup souffert d'être séparée de sa mère pour mener à Paris une carrière de comédienne.

Habite à Paris le Quartier latin, près du domicile de son ex-mari avec lequel elle partage la garde des enfants.

Estime que sa mère souffre d'une très grave dépression nerveuse. Effrayée à l'idée que cette mère admirée et admirable sombre dans la folie et ne la reconnaisse plus. Ne préfère-t-elle pas croire que sa mère est elle aussi victime, de la cruauté du monde et de l'indifférence des hommes ?

Je lui avais proposé une rencontre dans un lieu neutre : un déjeuner dans une de nos brasseries favorites, Le Balzar, rue des Écoles. Elle arrive, pimpante, comme toujours, habillée très tendance : jupe de soie acidulée plutôt transparente et petit pull en coton près du corps. Elle salue, en habituée, le maître d'hôtel qui nous conduit à sa table, et commande sans attendre : « Une salade et une grande bouteille d'eau. » Comme j'ai renoncé depuis longtemps, moi, à la taille mannequin et à ses contraintes, j'opte pour le navarin d'agneau et un coup de rouge (l'agneau pour les papilles, le rouge pour le moral).

Clotilde n'attend pas que je lui donne mon avis sur l'état de Maman. Elle sait déjà : elle lui téléphone tous les deux jours pour prendre de ses nouvelles.

Et de m'expliquer, péremptoire, que maman a toujours été sujette à toutes sortes de maux hautement psychosomatiques : maux de tête, maux d'estomac, nausées, eczéma, et j'en passe !

Je l'écoute, le nez dans mon navarin, parler derrière ses feuilles de salade. Comme souvent lorsque nous évoquons des sujets « sensibles », nous évitons de nous regarder dans les yeux. Ça désamorce la dispute. Mais la conversation prend une tonalité particulière, comme si nous nous adressions toutes deux à un spectateur silencieux.

LA SALADE, tranchante

En fait, elle ne s'est jamais remise de la mort de son amoureux.

LE NAVARIN, outré

Mais enfin, Clotilde, ça remonte à plus de quarante ans !

LA SALADE, agacée

Mais justement ! Justement ! Elle n'a jamais fait le travail de deuil. Il est resté l'homme idéal, celui qui n'a jamais vieilli. D'ailleurs, elle a toujours dit qu'elle s'était mariée uniquement pour avoir des enfants. Pour nous. Elle n'a jamais caché à Papa qu'il n'était pas l'homme de sa vie.

LE NAVARIN, goguenard

Alors, c'est plutôt lui qui aurait dû avoir la migraine !

LA SALADE, que ça ne fait pas rire

Mais c'est pour ça qu'il ne supportait pas qu'elle soit malade ! Pour lui, ça voulait dire qu'elle replongeait dans ses souvenirs, qu'elle retombait dans le chagrin de son amour perdu. Bref, qu'elle lui échappait !

LE NAVARIN, la bouche pleine

Il y avait de quoi faire la gueule !

LA SALADE, tout en séparant
avec application feuilles et lardons

En tout cas, il ne l'a jamais comprise. Et puis, elle s'est rendu compte que le temps passait, qu'elle vieillissait. Nous, nous sommes parties. Elle s'est mise à déprimer. D'ailleurs, ses premiers symptômes sont apparus après la naissance d'Inès.

LE NAVARIN, qui s'étrangle

Tu plaisantes ! Elle n'est même pas venue à la naissance de tes filles. Ni pour la seconde ni pour la première !

(À ce stade, LE NAVARIN *croise le regard de* LA SALADE *et estime qu'il vaut mieux passer à autre chose...)*

Depuis lors, nous avons partagé d'autres moments de confidences, moins formels, moins distants, et nous n'avons pas reparlé de nos différences d'analyse. Avec le temps, les motifs de dispute à propos de la maladie de Maman se sont émoussés. Et puis, elle aussi maintenant s'est ralliée, si je puis dire, à Alzheimer. En revanche, je sais qu'elle n'a toujours pas admis la publication de mon premier ouvrage. Elle s'est rangée du côté de Papa, estimant que ce n'était pas convenable : « on » ne raconte pas ainsi la folie ordinaire, « on » ne déballe pas ses secrets de famille. D'ailleurs, personne, officiellement, n'a lu ce livre dans la famille. C'est en définitive plus simple : ça nous a évité d'avoir à commenter une vérité que nous ne parvenons pas à partager.

Je sais cependant que tous l'ont lu, et, passé le premier choc, cette description de nos disputes et de nos souffrances a fonctionné comme un révélateur photographique. Le temps passant, cette mise à plat par l'écriture nous a permis de tourner la page. (C'est le cas de le dire !) Comme si le livre avait permis à chacune d'entre nous de retrouver sa place, un rôle bien défini au sein de la famille, conforme au fond à toute notre histoire.

Il y a la fille aînée (Mathilde) qui prend en charge, supporte et s'impose en fin de compte une sorte de punition permanente. Depuis toujours, elle est celle qui doit s'occuper des autres : les plus jeunes quand elle était petite, les plus vieux maintenant qu'elle est adulte et grand-mère à son tour.

Il y a la cadette (Clotilde) qui ne veut toujours pas parler de la façon dont nous avons (mal) réagi à la maladie de Maman et qui se raccroche à son rôle de fille parfaite et préférée en se rapprochant de Papa, faute de pouvoir poursuivre sa partition auprès de Maman.

Il y a la benjamine (moi) qui observe et raconte : façon de prendre ses distances avec la maladie tout en se demandant laquelle de nous trois sera la première atteinte à son tour par la démence... Démarche, avouons-le, plutôt égocentrique, mais corroborée par moult conversations avec les « spécialistes »...

FICHE 3

Isabelle : *quarante et un ans, la benjamine (c'est moi). Séparée, mère de deux garçons : Louis, six ans, et Paul, quatre ans. Des amours d'enfants, sa grande fierté. Taille moyenne, cheveux moyens (blond cendré, sans tenue), yeux moyens (gris-bleu, myope), bien en chair, passe sa vie à tenter en vain de faire un régime.*

Fâcheuse – ou bienheureuse – tendance à l'ironie. Cède volontiers à la douce violence d'un bon mot. Sujette aux coups de gueule. Peut jurer comme un charretier.

Conseillère en communication politique dans une grande agence de « com » parisienne. Spécialisée par hasard dans le secteur après avoir travaillé au Parlement européen. Diplômée en droit européen et sciences politiques. Aurait rêvé de devenir comédienne. A dû réviser ses ambitions.

Plus proche de ses sœurs que de ses parents qu'elle a toujours trouvés distants avec elle.

Essaie de réconcilier ses sœurs aînées. A longtemps supporté la tutelle impérieuse de la cadette avant d'inverser les rôles (c'est grâce à elle que Clotilde a obtenu son poste à la télévision).

Se sent souvent responsable et parfois coupable... N'utiliserait-elle pas la maladie de sa mère pour régler ses comptes avec toute la famille ?

Écrit sur un carnet : « Mes sœurs doivent avoir raison. Maman est déprimée, précisément parce qu'elle a passé sa vie dans une oisiveté propice aux états d'âme... » J'essaie de doser mes analyses, de peser le pour et le contre... Sainte Hypocrisie, priez pour moi ! La vérité est que je n'ose me prononcer de peur de juger ma mère.

Au fond, je suis peut-être – sans doute, et même certainement – la plus lâche des trois : Mathilde assume à sa façon quand elle laisse entendre que « c'est bien fait pour elle ». Clotilde témoigne de la tendresse et de la compassion puisqu'elle croit à une forme de désespoir. Et moi ? Faible, apeurée mais manipulatrice, je veux juste m'arroger le beau rôle. Oh non, je ne veux pas juger ! Juste être objective...

Tu parles ! Comme si c'était possible ! La vérité est que je redoute la sévérité de mon jugement. Le regard que je porte sur ma mère ? Je n'arrive même pas à retrouver de bons souvenirs avec elle : je me contente d'observer les événements comme si je n'avais pas joué ma part dans cette pièce-là. Pauvre sainte-nitouche !

Au fond, je ne me rappelle que les mauvais moments. De même, des événements rattachés à mes sœurs je ne retiens que ce qui me dérange.

Il est vrai que, pendant toute notre enfance, nous avons régulièrement vu maman terrassée par les migraines, les crises de foie, les langueurs. Mal au cœur, mal à la tête, mal au dos. Souvent elle s'alitait et nous devions aider Papa à préparer le repas, monter des plateaux jusque dans cette chambre aux volets clos, en chuchotant pour ne pas la déranger. La maison tournait au ralenti : la femme de ménage renonçait à l'aspirateur, Papa était d'une humeur de chien parce qu'il ne supportait pas que sa femme fût malade, et nous rasions les murs pour éviter à la fois les foudres paternelles et les plaintes maternelles. Parfois elle descendait en peignoir, l'air exténuée, « pour faire plaisir à votre père », et venait mêler à notre dîner sa figure de carême. Elle chipotait le contenu de son assiette, ce qui ne faisait qu'ajouter à la lourdeur du climat.

Ma chance, dans cette famille, fut précisément d'être oubliée. J'avais compris depuis longtemps que les liens fédérateurs entre mes sœurs et Maman tenait à cette souffrance... Mais je n'ai pas échappé pour autant à la frustration.

Mes sœurs gardent un lien si fort avec Maman qu'elles ne peuvent considérer cette phase de notre vie avec le recul nécessaire. À moi de prendre du recul, d'avoir le regard froid – à ceci près que mon souci d'objectivité confine à son tour à l'obsession.

Il me faudrait recueillir l'avis d'un tiers, le plus neutre qui se puisse trouver : je vais me renseigner pour trouver « le » spécialiste à Nantes et prendre un rendez-vous... Reste à convaincre Papa, et ça !...

Et voici que j'attaque le second livre – la suite – qui sera plus objectif sur la maladie et que je pourrai mettre entre toutes les mains familiales. Je croyais pouvoir mener un vrai travail d'enquêteur, de consultant non spécialisé sur la maladie. J'imaginais que ce travail me serait plus facile, car j'allais m'appuyer sur des éléments à caractère scientifique. En portant sur eux un regard distancié, comme je sais si bien le faire dans ma vie professionnelle... Tu parles !

J'attaque l'os, je le sens bien, tant j'ai de mal à écrire. Je suis à vif – au vif du sujet. À tous les scientifiques que je rencontre, je répète le même compliment : « Je souhaite rassembler des informations simples et objectives, à la portée de tous, et pas seulement des savants, pour comprendre la maladie. »

Simples et objectives : quelle prétention ! Plus j'avance et moins je comprends ; ou, plutôt, plus j'avance et mieux je mesure l'incroyable difficulté de mon entreprise.

D'ailleurs, pourquoi ai-je si envie d'expliquer et de comprendre ? Déformation professionnelle : analyse des comportements et tendances mises en statistiques ? Orgueil démesuré qui me pousse à trouver du sens, une cause à ce qui n'en a pas ? Angoisse réelle de celle qui se sent en sursis ?

La vérité est sans doute que je continue à vouloir tenir la maladie à distance. Au fond, à ma façon, je réagis comme Papa. À cette différence près que, cette fois, c'est de moi qu'il s'agit : *Vade retro, demencia !*

Mais je me sens bel et bien en première ligne...

C'est moi qui plonge, non pas dans la déraison, mais dans la dépression. C'est moi qui ai peur de ce qui va m'advenir.

D'ailleurs, j'ai toujours eu peur. Peur de ne pas y arriver, peur de ne pas être à la hauteur, peur de mourir, peur de ne pas être une bonne mère, peur des hommes, peur de moi.

Quand j'avais vingt ans, à Paris, j'ai eu un jour tous les symptômes de la méningite. Maux de tête à hurler : je sentais monter comme une marée d'équinoxe les vagues de douleur qui me submergeaient le cerveau. Mal à en perdre la raison !

Et puis, deux ponctions lombaires et trois encéphalogrammes plus tard, le diagnostic est tombé : je n'avais rien... Un peu de fatigue, peut-être. J'ai alors compris que la folie rôdait autour de moi et qu'il fallait mettre un terme à tout cela.

J'ai fui, j'ai quitté l'hôpital en signant une décharge et je suis allée me réfugier à Saint-Hilaire... un peu comme Papa et Maman aujourd'hui.

FICHE 4

Jean : *quatre-vingt-trois ans, marié depuis cinquante ans à Marion, père de trois filles. Grand, encore blond cendré (c'est une particularité familiale : les cheveux ne semblent pas vieillir), yeux bleus. Naissance et enfance à Pau dont il garde la nostalgie ; élevé dans un milieu classique de la bourgeoisie provinciale.*

Linguiste et professeur d'anglais. A rencontré sa femme, franco-irlandaise, après la guerre. Ancien officier de cavalerie à Saumur. Fascine « naturellement » les femmes et les chevaux.

A le sens de la hiérarchie, du devoir et des responsabilités. Plutôt casanier, parfois distant, autoritaire. S'intéresse davantage à sa femme qu'à ses enfants.

Cherche et parvient à se persuader que sa femme bien-aimée n'est que passagèrement « fatiguée », car il voudrait pouvoir, comme à l'habitude, compter sur elle pour s'occuper de lui.

Autre hypothèse : assiste et accompagne la déchéance de sa femme qui, au fond, l'a emmerdé toute sa vie.

Il est pratiquement impossible de parler sereinement avec Papa de l'état de Maman. Il ne supporte pas l'idée qu'elle soit malade et, comme toujours, il ne voit rien, n'entend rien, ne remarque rien. À son habitude, il préfère se voiler la face et faire comme si de rien n'était.

Il veut croire que quelques vitamines et un peu de repos remettront la vie sur ses rails. Il n'envisagera jamais sérieusement l'hypothèse d'une longue maladie. A fortiori *d'une forme de sénescence irréversible et accélérée.*

Maman reste le pivot de sa vie. Elle est celle qui prend en charge, organise, décide.

Toute sa vie il a pensé qu'il bénéficierait d'une retraite paisible et heureuse où il pourrait enfin se reposer entièrement sur Maman, maîtresse femme consacrée tout entière à son bien-être. L'idée que les rôles s'inversent, qu'il aurait à prendre en charge Maman, ne l'a jamais effleuré. Le soupçon même d'une telle mutation le terrorise. C'est pour cela sans doute qu'il ne veut pas consulter de spécialistes.

Je crois qu'avec le temps la maladie a fini par donner raison à Papa. Longtemps, j'ai été stupéfaite par son refus absolu de la maladie ; par ses colères contre les « spécialistes » qui essayaient sans doute maladroitement de lui faire entrevoir dans quel cauchemar il entrait.

Il refusait de toutes ses forces d'envisager le naufrage, il ne voulait pas croire que le mal allait progresser irréversiblement, et pensait sans doute qu'il valait mieux soustraire sa femme à leur emprise, comme si le corps médical en soi conférait plus de réalité à la maladie.

J'avais une vision plus thérapeutique des choses et pensais qu'il fallait traiter le malade, l'entraîner comme un bon petit cheval : lui faire prendre des médicaments, lui faire faire des exercices de mémoire... Quand j'essayais de le gagner à ma cause, de lui faire entrevoir les avantages d'une prise en charge plus « professionnelle », Papa se fâchait et, à bout d'arguments, finissait par m'asséner : « C'est peut-être ta mère, mais c'est d'abord ma femme ; jusqu'à nouvel ordre, je suis son mari et c'est moi qui décide ! »

Que répondre à cela ? Bien sûr que c'est lui qui avait raison, puisque c'est lui qui partageait avec elle, tous les jours, son propre enfer.

Et puis, au bout du compte, qu'est-ce que ça aurait changé, sinon lui faire mieux mesurer la diminution croissante de ses facultés mentales ?

Cela fait maintenant dix ans ? quinze ans ? que le mal insidieux s'est installé en elle. Même aujourd'hui, les médicaments restent inopérants à un certain stade de dégradation.

C'est lui, son mari, qui la soigne au sens étymologique du terme : qui prend soin d'elle. Bien sûr, il a longtemps refusé la prise en charge médicamenteuse, il a refusé qu'elle soit suivie par un centre spécialisé, mais elle vit avec et près de lui... Elle VIT !

Aurait-elle survécu à un placement ? Je n'en suis plus si sûre aujourd'hui. Je vois bien comme elle est. Je vois bien comment il s'en occupe. Pas matériellement, bien sûr, il ne peut plus ; mais affectivement. Il ne la laisse jamais seule, et j'aime à croire que ce halo d'amour – même parfois tyrannique – dont il l'entoure la protège des forces du mal... Peut-être au fond a-t-il appliqué sa propre méthode thérapeutique : la houspiller en permanence, refuser absolument de la considérer comme démente, voilà qui est bien sûr moins académique que les thérapies alternatives, comme la réminiscence, la validation[1], etc., mais c'était certainement le mieux qu'il pouvait faire.

Je crois aujourd'hui que, passé un certain stade, l'institution médicale n'est plus opérante, de toute façon, et qu'il ne sert donc plus à rien de se disputer sur son recours ou son ignorance. Au fond, ne sont-ce pas les deux versions d'un même combat : la lutte par le déni, la lutte par l'acharnement ?

---

1. Thérapie mise au point par Naomi Feil. Voir chapitre 10, p. 159, sur les traitements.

FICHE 5

Marion : *soixante-dix-huit ans. Mariée en 1949 à Jean, mère de trois filles. Père irlandais, mère française. Ses parents se sont rencontrés à la fin de la guerre de 14-18 : Rorick, le « mutilé », n'a jamais voulu rentrer dans son pays et a fini par épouser son infirmière, « celle qui l'avait sauvé du désespoir... », dit la légende familiale.*

Marquée par le romantisme de l'aventure, Marion a voulu la dupliquer durant la Seconde Guerre mondiale : elle a connu le grand amour avec un pilote de la RAF (Royal Air Force). S'est engagée avec lui dans la Résistance. Après sa mort, a tout de même fait un beau mariage avec un jeune angliciste rencontré à l'ONU, à Genève.

A toujours gardé dans son armoire des photos de son beau pilote qu'elle montrait, en cachette de son époux, à sa fille cadette...

Frustrée – forcément frustrée – par son existence de mère de famille bourgeoise. A poussé son mari à voyager et à sortir. Désœuvrée, a reporté sur ses filles ses rêves de grandeur et de réussite sociale. S'en est beaucoup occupée quand elles étaient petites – mais comme on joue à la poupée. Puis les a poussées à « faire carrière » comme s'il fallait à tout prix leur éviter la vie routinière dont elle-même était accablée.

A peut-être présenté les premiers signes de la maladie d'Alzheimer au début des années quatre-vingt-dix.

Maman est entrée dans la maladie par des phases d'apathie suivies de moments de dépression. Elle ne se plaignait pas de trous de mémoire, mais de toutes sortes de maux annexes : migraines, bourdonnements d'oreilles... Son premier et seul séjour à l'hôpital où elle fut mise en observation pour procéder à des examens se révéla cata-strophique. Au cours de la nuit, elle fut prise de panique, délira et se mit à hurler. Il fallut deux solides infirmières pour la ramener dans sa chambre.

Par la suite, elle accusa Papa d'avoir tenté de la faire interner chez les fous !

C'est bien la preuve qu'elle « savait » qu'il y avait chez elle autre chose que de la fatigue ou de la migraine. C'est peut-être aussi pourquoi Papa s'est fait ensuite un point d'honneur à ne jamais la ramener dans des unités spécialisées dans la maladie d'Alzheimer.

Avant sa maladie, elle disait souvent qu'elle se verrait bien finir ses jours dans une maison de retraite. J'imagine qu'elle se représentait ça comme un hôtel où l'on peut se retrouver entre personnes du même âge. Elle avait passé une « convalescence » dans un centre géré par la MGEN[1], dans les Pyrénées, et en avait gardé un excellent souvenir.

Le problème aujourd'hui est qu'il n'y a que quelques maisons qui accueillent les Alzheimer, et encore... Il faudrait que ces maisons soient « évolutives » pour pouvoir continuer à prendre en charge le malade au fur et à mesure de la dégradation de son état.

Conclusion de ces premières cogitations : et si aujourd'hui je manifestais moi aussi les premiers symptômes du mal, serais-je capable de dire ce que je souhaite ?

1. Mutuelle générale de l'Éducation nationale.

CHAPITRE 3

La vie quotidienne au temps d'Alzheimer

Dans l'histoire de la maladie de Maman, j'ai fini par identifier deux phases très différentes.

La première est celle des « débuts insidieux ». C'est ainsi que les neurologues appellent les toutes premières manifestations du mal. C'est sûrement la phase la plus éprouvante pour le malade et la plus déroutante pour sa famille ; car Alzheimer n'est pas encore là et le mot fatidique n'est pas employé.

Il y a toutes sortes de signes avant-coureurs : sautes d'humeur, crises d'agressivité ou de désespoir, syndrome de persécution... Et, bien sûr, perte de mémoire. Le malade « sent » qu'il commence à débloquer sérieusement, alors il passe tantôt par l'abattement – Maman disait : « Je suis fatiguée, je n'y arrive plus, je perds la tête, j'oublie tout » –, tantôt par la colère – « Je sais ce que je fais, à mon âge je ne suis plus une enfant !... » –, tantôt par le délire – « On m'a volé ceci ou cela », ou encore : « Je suis sûre que ton père me trompe »... Et puis il y a ces moments d'incohérence, de ralentissement de l'activité...

Tout cela n'est pas « linéaire », n'a rien d'une dégradation lente et progressive, non : il y a des jours *avec* et des jours *sans*, des moments de rémission où elle semblait être de retour, et d'autres où elle était comme prostrée, ailleurs. Certains jours, au début, elle ne se levait pas, mais restait couchée : elle avait la « migraine », comme lorsque nous étions petites. D'autres jours, au contraire, elle était pleine de dynamisme et de ressources, capable de recevoir des amis en souriant, de leur faire la conversation, de leur servir le thé...

Parfois, le ton changeait dans la même journée, voire d'une heure à l'autre...

Ce que j'ai appris depuis lors et qui donne la mesure de la difficulté à cerner la maladie, c'est que les premières atteintes du cerveau (c'est-à-dire la mort progressive des neurones, la formation des premières « plaques séniles »), bref, ce début de « cancer » intellectuel peut intervenir quinze à vingt ans avant même les premiers troubles manifestés par le malade ! Lorsque les premiers symptômes apparaissent, près de 80 % des neurones peuvent être détruits !

Voilà pourquoi les tout premiers signes doivent être pris très au sérieux. Alzheimer est aussi une course contre la montre pour retarder le plus possible le naufrage dans la démence.

Chaque changement dans l'organisation des jours met cruellement au jour la dégradation engagée. Ainsi, Papa et elle étaient venus, un été, passer deux jours à l'île de Ré, dans ma petite maison de pêcheur au bord de l'eau. Mathilde les accompagnait. Maman était déjà malade, nous le savions sans nous le dire, et pourtant elle conduisait encore parfois la voiture, sauf sur de longs trajets. C'était il y a cinq ans.

Je les installe dans ma chambre au premier étage. Papa refuse encore de traiter sa femme en malade et c'est donc elle qui a préparé leur valise. Évidemment, comme elle a fait ce qu'elle a pu, sans bien comprendre où ils allaient, la valise est pleine à craquer de choses inutiles. Elle y a entassé toutes sortes de vêtements d'hiver : vieux collants, gros pulls, jupes en tweed...

À peine sont-ils arrivés qu'elle veut déjà repartir. Nous déjeunons au jardin, sous le prunier : huîtres, poisson grillé, salade. Papa est détendu. Il se régale, rit, me complimente. Il a même accepté de venir à la plage se baigner avec nous. À la fin du repas, Maman se lève et lui lance :

— Bon, eh bien on y va : je t'attends, Jean.

— Mais ou veux-tu aller, ma chérie ?

— Mais chez nous, à Nantes...

Il lui explique très gentiment, doucement, qu'ils ne repartiront que le lendemain. Il ne s'énerve pas, il est de trop bonne humeur par cette belle journée d'été. Alors elle quitte la table en maugréant :

— C'est parfait ! Puisqu'on ne me demande pas mon avis... Décidément, je n'ai plus voix au chapitre... Si j'avais su !

Mathilde intervient à son tour :

— Mais, Maman, tu as tes affaires là-haut, dans ta chambre... Tu ne te rappelles pas que tu as défait ta valise ?

Elle ne répond pas : elle est déjà rentrée dans la maison. En fait, je crois tout simplement qu'elle se sent perdue, mais son amour-propre, ou tout simplement la peur d'être prise pour une folle, lui interdit de le dire. Ainsi, au cours de ces quarante-huit heures, jamais elle n'a pu retrouver le chemin des toilettes dans une maison aussi petite ! C'est Papa qui a expliqué discrètement à Mathilde qu'il lui fallait un seau hygiénique près du lit, dans sa chambre. Pendant leur sieste, après le déjeuner, elle s'est levée et, faute de trouver la porte des « commodités », elle a fait pipi sur le balcon. C'est encore un moindre mal.

C'est ce que je fais remarquer à Mathilde ; il faut toujours voir le bon côté des choses : « Elle aurait pu souiller la chambre, elle ne l'a pas fait... Et puis le balcon est étanche : on n'a rien reçu sur la tête ! »

Nous sommes donc allées, Mathilde et moi, chez le quincaillier du coin qui a fini par dégotter au fond de sa réserve un bon vieux seau hygiénique d'autrefois, avec rebord arrondi et stabilité assurée... Mathilde a tout de même demandé un emballage.

— On a bonne mine, avec ça à la main !

— Oui, on pourrait penser que c'est pour toi ou moi !

Et de rire de plus belle, parce qu'il ne faut jamais perdre le sens de l'humour, mais mettre au contraire un peu de légèreté dans les contraintes les plus triviales !

Dans l'après-midi, après sa sieste et nos achats, Maman me rejoint sous le parasol, sur la plage devant la maison. Elle s'est changée mais est vêtue comme pour une promenade en ville en plein hiver : jupe, collants, chaussures à talons, manteau de cuir. Il doit faire dans les trente-cinq degrés à l'ombre en ce mois d'août. Je la regarde, interloquée.

— Maman ! Tiens, installe-toi sur la chaise longue ; tu ne veux pas ôter tes chaussures, elles sont pleines de sable... Tu n'as pas trop chaud ?

Elle s'assied sur l'un des deux transats que j'ai sortis de l'abri de jardin.

— Non, je suis très bien ; tu sais, j'ai toujours été très frileuse, et puis nous allons repartir, ton père et moi.

— Mais, Maman, vous êtes là jusqu'à demain !

Je la présente à quelques amis, mes voisins, qui la saluent ; la scène est quelque peu surréaliste : on se croirait dans un salon nantais ! Elle serre quelques mains et se tient bien droite, son sac à main posé sur les genoux, comme en visite. Elle repose la même question :

— Bon, où est ton père ? Il est l'heure de partir !

— Il se baigne avec Mathilde et les garçons. Tu ne veux pas te changer ? Tu tiens vraiment à garder ton sac ?

— Oui, oui, j'y ai tous mes papiers.

Les enfants sortent de l'eau en criant, réclament leur goûter. Je distribue à tout le monde des biscuits fourrés au chocolat. Elle en mange plusieurs, finit par subtiliser le paquet, et même par chiper le gâteau d'un petit copain des enfants qui passait par là.

— Ces enfants ! Comme ils sont bruyants... Et puis, ils mangent trop de gâteaux !

Je décide de la ramener dans le jardin. Je hèle Mathilde qui sort de l'eau à son tour. Elle aperçoit Maman et me lance un coup d'œil entendu.

— Je remonte avec Maman ; tu surveilles les enfants ?

— Oui, oui !

Il me faut des trésors de diplomatie pour persuader Maman de se changer. Je lui propose une de mes jupes en coton bleu marine et une chemisette de lin plus légère.

— Mais c'est ridicule, enfin, je ne peux pas mettre ça ! C'est pour les enfants !

— Mais non, Maman, ce sont mes vêtements. Nous sommes en été, il fait très chaud. Tu es très élégante, je te jure, et puis ôte ces collants : tu as de très jolies jambes, tu peux les montrer.

Je lui fais enfiler une paire d'espadrilles. Nous avons la même pointure.

— Voilà, tu seras plus à l'aise comme ça !

— Si tu veux. De toute façon, VOUS ne me laissez plus rien décider...

Le soir, je ramasse dans un coin du jardin son sac à main qu'elle a posé par terre. J'y retrouve, écrasés dans son portefeuille, les gâteaux des enfants. Avec la chaleur, le chocolat a fondu et s'est collé partout. Mathilde et moi réparons les dégâts sans rien en dire à Papa. À quoi bon lui gâcher cette journée ?

Le lendemain, alors que je l'aide à refermer sa valise, qui me paraît bien pleine, je réalise qu'elle y a fourré toute sorte de vêtements et du linge qu'elle a sortis de mes armoires : taies d'oreillers, vieux maillots de bain, serviettes de plage.

Elle m'aperçoit et explose :

— Mais pourquoi vides-tu ma valise ? Ce sont *mes* affaires ! Remets tout ça en place, s'il te plaît !

Le ton ne souffre aucune discussion. Je sais qu'il ne faut pas argumenter, tenter de lui faire entendre raison. J'ai déjà vécu ce genre d'expérience, et ma « révolte » m'avait valu, à l'époque, une gifle retentissante de Maman et un désaveu cinglant de Papa. Je n'avais pas compris que sa colère, sa mauvaise foi évidente étaient la marque de la maladie... Ou peut-être, au contraire, la seule façon cohérente, pour elle, de réagir quand elle était prise en défaut.

Dans ces circonstances-là Papa ne lui donne jamais tort. J'ai longtemps pensé qu'il ne fallait pas l'encourager, mais au contraire lui démontrer qu'elle délirait, mais c'est justement ce qu'elle ne supporte pas. Papa, lui, entre dans son jeu ou feint de ne rien voir. C'est peut-être sa façon de survivre avec elle au quotidien, car lui aussi endure son lot de reproches absurdes et de scènes infondées.

Je remets tout en place dans sa valise et redescends avec elle. Une fois dans la cuisine, je raconte la scène à Mathilde.

— Oui, je sais, elle le fait souvent. Ne t'inquiète pas, avant de partir, on videra discrètement tout ce qu'elle a embarqué.

— C'est dommage que vous ne restiez pas.

— Tu sais, c'est déjà miraculeux qu'ils aient accepté de venir pour deux jours. Et puis, tu sais... vider le seau tous les matins, merci bien !

Je ne peux m'empêcher de rire à l'évocation de la scène. Ce matin, un foulard sur le nez, nous avons toutes deux vidé et rincé à l'eau de Javel son vase de nuit.

— Mais quelle horreur ! Quand je pense aux aides-soignantes qui font ça tous les jours !

— Tu as raison, et ça n'est pas leur mère ! Tu n'as qu'à te dire que ça te rajeunit... Ne faisais-tu pas la même chose pour tes enfants ?

— Mais justement, c'étaient des enfants ! Et ça me dégoûtait déjà…

— Comment il fait, Papa, quand elle « rate » les toilettes ?

— C'est lui qui s'y colle, si je puis dire, ou bien il attend la femme de ménage… Enfin, si elle n'en a pas mis partout.

— Ça lui arrive ?

— Oui, ça lui est arrivé.

— Il faut absolument qu'il se fasse aider par des infirmières, des aides à domicile… Parce que la femme de ménage, elle est bien sympa d'accepter de faire ça.

— Je sais, mais pour obtenir des aides, encore faut-il qu'il en fasse la demande.

Ils sont repartis à Saint-Hilaire. Ç'a été leur tout dernier séjour hors de la maison, loin des lieux familiers à ma mère ; il était manifeste que se retrouver dans une maison inconnue n'avait fait qu'accroître sa confusion mentale.

Sans doute est-ce alors que j'ai compris qu'il était trop tard pour qu'elle puisse tirer un bénéfice quelconque de séjours en maison spécialisée où l'on aurait « dopé » sa mémoire. Et j'avais renoncé depuis longtemps à évoquer les avantages d'une prise de médicaments.

Papa a fini par s'y résigner bien plus tard, tout comme il a fini par accepter la venue d'infirmières à domicile. Et je pense qu'à partir du moment où elle a été (enfin !) prise en charge pour ses soins corporels, intimes, où elle a été lavée, habillée, changée par des aides aussi douces que prévenantes, il a pu croire à une sorte de rémission, même si cette prise en charge a correspondu à la deuxième phase de la maladie : celle où elle a perdu toute autonomie. Mais lui-même n'était plus confronté à la crudité de certaines situations.

Car elle était passée à cette deuxième phase où elle ne pouvait plus effectuer aucune des activités simples de la vie comme s'habiller, manger seule, se laver…

L'époque des couches, aussi, parce qu'elle était devenue incontinente.

Elle était méconnaissable, comme si toute la beauté et tout le charme de son visage s'étaient envolés. Il ne lui restait plus rien de son apparence d'avant, comme si cette espèce de mort cérébrale qui fondait sur elle s'accompagnait d'un effacement de son corps. Elle avait beaucoup maigri, rapetissé. L'éclipse de son intelligence avait entraîné chez elle une mutation physique.

Je sais que cette transformation physique est commune à tous les malades. Les médecins sont incapables de dire si c'est parce qu'ils deviennent apathiques et donc mangent moins, ou si c'est au contraire parce qu'ils dépensent davantage de calories puisqu'ils déambulent toute la journée, ou si c'est enfin le corps qui n'arrive plus à métaboliser la nourriture.

Mais il y avait de nombreux « trucs » et autres astuces qui permettaient encore de la « réveiller ». Mathilde m'expliqua par exemple que lorsqu'elle utilisait pour le couvert une nappe fleurie ou des assiettes de couleur vive Maman mangeait mieux. Une assiette blanche sur une nappe blanche et de la purée au menu, c'était peine perdue ! Aucune envie de toucher au plat.

Ces petits détails quotidiens auxquels on n'accorde guère d'importance quand on n'y est pas préparé sont déterminants. Ainsi de l'emplacement à table. Une équipe américaine a observé qu'un patient devenait agressif si on le changeait de place : il lui fallait toujours être près de la fenêtre, car il voulait voir les fleurs ; mais, faute de pouvoir l'exprimer, il avait la fâcheuse habitude de planter sa fourchette dans la main de son voisin s'il venait à être « mal placé ».

Voici donc quelques conseils « validés » par l'expérience :

Le rituel des repas

Les repas jouent un rôle important car il ne s'agit pas seulement d'une activité sociale, d'un moment partagé avec la famille ou des amis, c'est surtout un rendez-vous qui structure la journée. Il ne faut évidemment pas s'attendre à pouvoir organiser des repas « classiques » au déroulement routinier. C'est l'un des charmes d'Alzheimer, si je puis dire : on ne sait jamais vraiment comment ça va se passer ! Donc, foin de tout formalisme ; ce qui compte, c'est d'être assis à la même table !

La maladie d'Alzheimer modifie les habitudes dans la mesure où la personne atteinte ne sait plus comment manger et a oublié l'étiquette. Dès lors, tout compte et il convient de veiller à tout. En particulier, s'assurer que le patient a suffisamment à manger et à boire.

Maman pouvait indifféremment répondre oui ou non si on lui posait la question, car elle ne savait pas si elle avait faim ou soif. Il fallait donc systématiquement remplir son verre d'eau.

Il faut aussi s'interroger sur tout : la table est-elle suffisamment éclairée ? Y distingue-t-on correctement les aliments, l'assiette de chacun, etc. ? N'est-elle pas trop encombrée ? Est-on capable de reconnaître les aliments comme étant de la nourriture ? Comprend-on comment manier les couverts ?

Importe aussi l'humeur du moment : est-on agité ou nerveux ? Y a-t-il trop de bruit, de gens, de distractions ?

La table

L'idéal est de créer une ambiance calme et sereine ; minimisez les distractions, les bruits forts, les mouvements brusques.

Simplifiez ce que vous placez sur la table, ainsi que les couverts. Retirez les ustensiles et les condiments superflus. Servez un seul aliment à la fois. Évitez d'utiliser des couteaux tranchants ou de la vaisselle fragile.

Choisissez une nappe ou un napperon et de la vaisselle aux coloris contrastés, mais évitez les motifs trop criards qui sont source de confusion.

Choisissez des ustensiles et de la vaisselle faciles à tenir en main.

Assurez-vous que les assiettes, les bols, les verres sont stables – glissez éventuellement un napperon, voire un linge mouillé sous l'assiette pour l'empêcher de glisser.

Les aliments

Préparez des aliments qui se mangent volontiers avec les doigts, qui ont le même goût et la même valeur nutritive que ceux qui composent un de nos menus ordinaires, mais qui peuvent être saisis et ingérés facilement.

On peut aussi préparer des aliments nutritifs qui peuvent être servis dans une tasse, car souvent la personne est encore capable de tenir une tasse ou un bol et de boire, y compris vers le stade final de la maladie. Les suppléments alimentaires liquides peuvent parfois remplacer un repas complet.

Servez fréquemment plusieurs petits repas ou goûters plutôt que trois gros repas par jour. Offrez à la personne malade ses aliments favoris ; la nourriture qui a bon goût et qui sent bon peut également lui rappeler de bons souvenirs. Vérifiez la température des aliments et assurez-vous que la nourriture n'est ni trop chaude ni trop froide.

Encouragez-la de façon verbale ou gestuelle à manger. Cela l'amènera peut-être à mimer votre propre action.

La force de l'habitude

Mathilde fait remarquer qu'il y a une sorte de mémoire du corps. Maman, qui ne savait plus comment elle s'appelait, ne trébuchait pourtant jamais sur la demi-marche séparant le grand salon du bureau. Instinctivement, elle levait le pied...

Cette inscription dans la mémoire corporelle peut être d'une grande aide dans les activités quotidiennes : habillage, toilette, bain. Mais il faut parler, expliquer, stimuler. Une aide-soignante m'a expliqué qu'il fallait d'abord laver les membres – bras et jambes – avant le visage. De même qu'il est impossible de faire couler un bain pour un Alzheimer : il se sentirait en danger. Non, la bonne méthode consiste à lui laisser faire les choses lui-même aussi longtemps que possible. C'est ainsi qu'il se sentira mieux avec son corps.

Pour vous faciliter la tâche, suivez la routine à laquelle il ou elle a été accoutumé tout au long de sa vie. Par exemple, si le malade avait l'habitude de prendre son bain le matin, il est préférable d'en faire une règle. Faire les choses dans le même ordre, tous les jours, lui permet de savoir à quoi elle peut s'attendre.

Les étiquettes sont également importantes, en particulier au tout début de la maladie. Par exemple, des petites notes écrites sur l'armoire de toilette pour rappeler ce qu'il y a à l'intérieur.

Les vêtements disposés dans l'ordre où ils devront être enfilés lui faciliteront la tâche au moment de s'habiller.

On peut aussi, chaque fois que possible, fournir des indices visuels en même temps que des directives verbales. Par exemple, lorsque vous dites : « Il est temps de se brosser les dents », tendez-lui sa brosse à dents, et, s'il le faut, n'hésitez pas à faire une démonstration.

Maman se peignait les cheveux avec grand soin quand elle voyait quelqu'un le faire devant elle. Avec des cheveux propres et bien coiffés, la personne atteinte de la maladie d'Alzheimer aura plus fière allure et se sentira mieux. Mais il faut évidemment une coupe de cheveux d'entretien facile. Tout comme il faut que la toilette soit un moment de détente et de plaisir : masser le cuir chevelu au cours du lavage, passer de la crème sur son visage, autant de moments doux au cours desquels je remarquais combien Maman se détendait... parfois au point que sa mémoire endormie se réveillait fugacement.

Il y a aussi ces petits accessoires qui simplifient la vie : une lingette hydratante ou une miniserviette humide pour les mains et le visage seront plus faciles à utiliser que les traditionnels eau et savon.

L'habillement

Lorsque c'est possible, laissez la personne choisir les vêtements qu'elle va porter. Limitez néanmoins le choix pour faciliter ses décisions. Retirez donc les vêtements superflus de la penderie. En en voyant trop, elle risque d'être prise de confusion. Si elle insiste pour porter les mêmes vêtements tous les jours, essayez de les laver souvent, ou achetez des ensembles identiques à ses effets préférés.

Choisissez des vêtements faciles à porter et à entretenir. Les fermetures Éclair, les attaches de Velcro sont plus faciles à utiliser que les boutons. Les jupes et les pantalons à taille élastique sont aussi plus faciles à enfiler.

Servez-vous d'étiquettes (ou de photos de magazine ou de catalogue) pour décrire le contenu de chaque tiroir. Pour certaines personnes, il sera peut-être utile de regrouper les articles de même couleur, ou de rassembler ceux qui se portent ensemble.

Surtout pour les dames

Le maquillage est un élément habituel et important des soins de toilette. Là encore, essayez de simplifier la tâche de la personne malade et laissez-la faire tout ce qu'elle peut par elle-même. Les soins de beauté apportent à certaines femmes un plaisir tout particulier. Et tant pis si le trait d'eye-liner est imprécis, ou si le rouge à lèvres déborde ! Si le fait de la voir peinturlurée vous dérange, achetez du brillant à lèvres et de la poudre incolore ! Ce qui compte, c'est le geste, pas le résultat obtenu.

Pour les mains, pensez à recourir à la manucure. Elle se chargera de lui couper les ongles, ce qui n'est pas toujours une mince affaire mais peut en revanche lui procurer un moment de détente, une agréable sensation au toucher et une stimulation. Sans compter que, pendant ce temps, vous, vous pouvez respirer !

Et pour les messieurs

Offrez-lui un rasoir électrique. Il sera content et aura tout le temps de s'en servir seul ! Vous pouvez aussi faire appel à un coiffeur-barbier à domicile : même avantage que le recours à la manucure, pour le malade et pour vous ! Tenez compte du moment de la journée : tantôt il sera préférable de le raser à heure régulière, tantôt au moment où il semble être le plus enclin à le faire – ce qui peut varier d'un jour à l'autre. Et s'il ne veut plus, laissez-lui pousser la barbe !

De toute façon, il ne faut pas espérer un « retour » de l'élégance et de la coquetterie, du moins au sens traditionnel. Mieux vaut s'adapter au malade et aux circonstances. Certains jours, les soins de toilette nécessiteront peu ou pas d'efforts. D'autres, la moindre tâche pourra sembler un fardeau. Ces jours-là, décidez quelle tâche vaut la peine et quelle autre peut être négligée. Allez à l'essentiel : qu'il (ou elle) soit propre, habillé… ou à peu près ! Un peu de désordre et de saleté n'a jamais tué personne. Dites-vous que vous faites de votre mieux.

Y a de la joie !

Parce que les malades d'Alzheimer ont tendance au repli sur soi, à l'apathie, aux idées noires, il faut au contraire les stimuler, leur proposer toutes sortes d'activités qui leur font plaisir, avec cette règle de base : ne jamais faire à la place du patient ce qu'il peut réaliser lui-même ! Je sais, ça a l'air dérisoire, mais faire un rang de crochet, préparer une vinaigrette ou dessiner au fusain, ça compte beaucoup ! Le problème est qu'il faut beaucoup d'imagination pour tenir une personne atteinte de la maladie d'Alzheimer occupée toute la journée. Alors, courage ! Et en avant pour les routines du quotidien qui donnent l'illusion d'une certaine autonomie et contribuent à faire passer le temps : faire les lits, plier le linge, préparer les légumes… Il faut se concentrer sur tout ce que la personne a encore envie de faire ou peut encore faire dans le moment présent.

Et puis il y a tout ce qu'elle aimait recevoir et faire sans effort par le passé. Il convient de lui ménager une succession de moments doux et heureux qui vont lui apporter réconfort et assurance. La liste est longue ! On peut écouter de la musique (c'est une activité apaisante et la plupart ont leurs airs préférés), et rien n'interdit d'esquisser un tango même à 9 heures du matin ! Il y a aussi les bons souvenirs à retrouver : consulter des albums de photos, se remémorer des anecdotes familiales…

D'aucuns peuvent vouloir participer à la cuisine, au ménage, au jardinage. Le bricolage (moyennant un minimum de mesures de sécurité) est même conseillé comme une excellente occupation pour réapprendre à se concentrer et programmer un travail.

Bref, multipliez les « ateliers » : poterie, macramé ou pâte à modeler...

Il faut aussi « sortir » les Alzheimer, leur proposer des promenades ; la marche est excellente, et en général ils adorent ça. Il peut aussi y avoir piscine, thé dansant. Bref, tout ce qui contribue en définitive à faire passer la journée plus agréablement qu'enfermé chez soi avec son malade !

Chapitre 4

Je vois des Alzheimer partout

(Noël 2002)

— Je crois que je vais faire des tests, des examens de dépistage.

— De dépistage ?

Ma sœur Clotilde tourne la tête dans ma direction et me regarde avec une surprise non feinte ; elle semble ne pas du tout comprendre de quoi je lui parle... Nous sommes assises de part et d'autre de la grande table de la maison de Saint-Hilaire. C'est l'heure du thé et nous devisons avec une tranquille gravité dont je ne me serais pas cru capable.

Par l'une des quatre portes-fenêtres, j'aperçois Mathilde qui donne le bras à Maman pour se diriger vers l'étang en contrebas. C'est une de leurs promenades préférées. Mathilde a réintroduit des carpes dans la pièce d'eau et va régulièrement s'assurer qu'elles s'acclimatent bien. Près de la cheminée, devant une belle flambée, Papa somnole dans son fauteuil.

L'idée était de tous nous retrouver pour Noël et, malgré mes réticences, j'ai fait moi aussi le voyage, songeant que l'occasion d'une semblable réunion ne se représenterait peut-être plus. Depuis vingt-quatre heures, nous voici tous à nouveau réunis dans la maison familiale avec les enfants.

Les cousins jouent dehors : ce début d'hiver est si doux... Je les entends hurler de rire en escaladant l'un des chênes d'Amérique. J'aperçois Inès, la fille cadette de Clotilde, grimper sur les branches comme font ces chèvres en Tunisie que l'on voit juchées sur des tamaris... Elle est encouragée par les rires de Paul qui prétend la suivre, tandis que mon fils aîné, Louis, moins téméraire, appelle au secours pour qu'on vienne le déloger : pendu à la plus basse branche, ses pieds touchent presque le sol, mais, la tête tournée vers le faîte de l'arbre, il s'imagine oscillant au-dessus du vide.

Je crie sans me lever :

— Moins de bruit, les enfants ! Grand-père se repose ! Quant à toi, Louis, débrouille-toi : tu n'es plus un bébé !

Ma sœur me dit, en replongeant le nez dans sa tasse de thé :

— Arrête, tu fais plus de bruit qu'eux !

Elle a raison ; je tombe dans tous les travers des adultes. Je me mets à rire de ma propre stupidité.

— C'est vrai, je suis idiote... Mais voilà qui nous ramène au sujet familial, si je puis dire... J'ai envie de savoir. Pas toi ?

— Mais quoi donc ?

— Eh bien, si je suis porteuse du gène mutant et si je risque à mon tour de développer la maladie d'Alzheimer ! Tu n'as pas envie de savoir, toi ?

Elle fronce le nez comme si j'avais proféré une incongruité.

— Oh, mais non ! Mais pas du tout ! Et puis, qu'est ce que ça changerait ?

Je retrouve le ton de nos confidences d'enfants.

— Ça change tout, ma vieille. D'abord, ça te permet de prendre des dispositions pour plus tard, de réserver ta place dans une maison, ou d'acheter un appartement dans une de ces résidences médicalisées pour vieux... et aussi, qui sait, d'adapter ton mode de vie, d'essayer de te soigner. Tu sais, on peut déjà faire des tas de choses pour retarder l'évolution de la maladie… C'est que nous appartenons à une famille « à risque » !

— Comment ça, une famille « à risque » ?

— De quoi crois-tu qu'il est mort, grand-père ?… Ça nous faisait rigoler quand il partait à tout bout de champ de la maison et se perdait dans les rues de Nantes. Ça ne te rappelle rien ? Maman aussi a fait la même chose, à un moment donné. Lui est mort après avoir fait une mauvaise chute, mais rien ne dit qu'il ne serait pas devenu, comme Maman, totalement gaga ! Quant aux autres, on n'en sait rien…

— De toute façon, on ne sait toujours pas soigner la maladie, et rien ne prouve qu'elle soit héréditaire.

Je hausse les épaules.

— On disait la même chose il y a quelques années à propos du cancer. Or, aujourd'hui, on sait fort bien qu'il y a des facteurs héréditaires, des groupes « à risque », précisément. Regarde pour le cancer du sein : les femmes dont la mère ou la tante ont développé la maladie courent plus de risques que les autres. C'est pour ça qu'on les dépiste systématiquement.

— Oui, oui, répond Clotilde en grignotant un de ces délicieux sablés que seule Yvette, la voisine fermière, qui s'occupe aussi du ménage, sait préparer.

Je résiste à l'envie d'en reprendre : j'en ai déjà englouti trois et, pour ne pas changer, je suis de nouveau au régime ! Un régime *préventif*, car la période de Noël est propice aux excès ! J'avale une gorgée de thé et enchaîne :

— Et puis, on va bien finir par trouver une molécule, un médicament. Tu sais combien il y a de malades d'Alzheimer en France ?

— Non.

— 800 000 selon les dernières estimations, dont à peine un quart est soigné. Tu te rends compte ! Avec 200 000 malades d'Alzheimer supplémentaires par an, soit trois fois plus que de cancers, les laboratoires mettent le paquet, tu peux me croire : ils ne vont pas laisser passer un tel marché !

Clotilde se lève pour rejoindre les enfants au jardin, puis s'arrête sur le pas de la porte. Elle tourne vers moi un visage de madone compatissante.

— En tout cas, moi, je préfère ne pas savoir !

Je peux comprendre sa position, mais plus j'avance dans la découverte de ce qu'est cette maladie (je n'ose parler ici de connaissance, puisque même les plus grands spécialistes ne sont pas tous d'accord à son sujet), plus je m'interroge sur le chapitre du dépistage.

Je suis sûre qu'avant les premières pertes de mémoire – les baisses de capacité « cognitive », comme disent les spécialistes – il se manifeste de tout petits signes, des troubles de la personnalité, des réflexions ou comportements auxquels on ne prête pas attention. Mais c'est le genre d'observations difficiles à faire et on ne peut vivre en permanence à l'affût de la moindre saute d'humeur. Il faudrait donc trouver un autre moyen, apprendre à s'autoévaluer comme toute femme se palpe machinalement le sein pour vérifier qu'elle n'y sent pas un nodule qui serait signe de cancer.

Car le repérage de ces tout premiers symptômes est décisif. L'étude « Paquid[1] », menée à Bordeaux par l'équipe Dartigues, de l'Inserm, a révélé que certains troubles de la mémoire indiquaient un risque d'Alzheimer trois fois supérieur à la normale. Il existe d'ailleurs des tests d'auto-évaluation que l'on peut trouver chez les médecins ou dans certaines revues spécialisées.

1. Personnes Âgées *Quid*.

L'évaluation de ce que les spécialistes appellent la « plainte mnésique[1] » se fait par utilisation de questionnaires. Il en existe plusieurs ; celui dont l'emploi est le plus facile est l'auto-questionnaire de MacNaïr. On peut certes s'y livrer en famille, mais comme, la plupart du temps, il n'est fourni que par les médecins, c'est le plus souvent dans la salle d'attente, avant la consultation, qu'il sera rempli. Le mode d'emploi du test tel qu'il est fourni au praticien énumère quelques recommandations.

• Si le patient est accompagné d'un membre de sa famille, il peut être intéressant de demander à ce dernier de remplir également ce questionnaire concernant les troubles du patient qu'il a pu constater ;

• Une différence entre le score de la « plainte mnésique » émise par le patient (12 sur 45, par exemple) et le score de la « plainte mnésique » émise par le membre de la famille (22 sur 45, par exemple) peut indiquer une prise de conscience imparfaite de ses troubles par le patient : c'est l'*agnosie* (qui n'est que partielle au début de la maladie).

PREMIÈRE VERSION DU TEST
d'auto-évaluation des difficultés cognitives EDC
de McNaïr (version simplifiée)

1. Je me souviens difficilement des numéros de téléphone usuels.
2. J'oublie des rendez-vous, des dates, des rangements.

1. On parle de trouble mnésique ou de plainte mnésique lorsque les capacités d'emmagasiner et de restituer des informations nouvelles sont perturbées par suite d'un déficit de stockage. Cette atteinte concerne les événements récents alors que la mémoire des faits anciens est préservée.

3. J'oublie en cours de route ce que j'avais projeté de faire.
4. Il m'est difficile de fixer mon attention sur une tâche ou un travail.
5. J'ai du mal à exprimer ce que je voudrais dire.
6. Je n'arrive pas à reconnaître des gens que je connais.
7. J'ai du mal à dire ce que j'ai sur le bout de la langue.
8. Je n'arrive pas à suivre la conversation des autres.
9. J'oublie le nom des gens juste après qu'ils m'ont été présentés.
10. J'oublie quel jour de la semaine nous sommes.
11. J'oublie de boutonner ou de tirer la fermeture Éclair de mes vêtements.
12. J'ai des difficultés à manipuler des boutons, des fermetures Éclair, des ciseaux, des capsules de bouteilles.
13. J'ai du mal à fixer mon esprit sur ce que je lis.
14. Quand je marche ou me promène, j'oublie comment j'ai pu aller d'un point à un autre.
15. J'oublie de payer mes notes, de déposer des chèques, de poster mon courrier.
16. Je dois faire les choses très lentement pour être sûr(e) de bien les faire.
17. J'ai l'impression d'avoir la tête vide.
18. J'oublie quel jour du mois nous sommes.

[Si vous obtenez plus de quinze réponses positives, il faut consulter.]

AUTRE VERSION DU TEST

Lisez attentivement chaque question numérotée de 1 à 15 et inscrivez en regard le chiffre correspondant à la réponse choisie :

jamais (0), rarement (1) parfois (2) la plupart du temps (3)

1. Avez-vous des difficultés à vous rappeler des événements de l'actualité récente ?...................................

2. Avez-vous des difficultés à suivre un film (ou une émission de TV, ou un livre) parce que vous oubliez ce qui vient de se passer ? ....

3. Vous arrive-t-il d'entrer dans une pièce et de ne plus savoir ce que vous veniez y chercher ?.............

4. Vous arrive-t-il d'oublier de faire des choses importantes que vous aviez prévues ou que vous deviez faire (payer des factures, aller à un rendez-vous ou à une invitation) ?...

5. Avez-vous des difficultés à vous souvenir des numéros de téléphone habituels ?...................................

6. Oubliez-vous le nom ou le prénom des personnes qui vous sont familières ? ....

7. Vous arrive-t-il de vous perdre dans des lieux familiers ?..

8. Vous arrive-t-il de ne plus savoir où sont rangés les objets usuels ?

9. Vous arrive-t-il d'oublier d'éteindre le gaz (ou les plaques électriques), ou de refermer un robinet d'eau, ou de fermer la maison en partant ? ....

10. Vous arrive-t-il de répéter plusieurs fois la même chose parce que vous oubliez que vous l'avez déjà dite ? ....

11. Avez-vous des difficultés à retrouver les noms propres de personnes ou d'endroits familiers (acteurs connus, relations personnelles, lieux de vacances...) ? ....

12. Avez-vous des difficultés à apprendre des choses nouvelles (jeux de cartes ou de société, nouvelles recettes, modes d'emploi...) ? ....

13. Avez-vous besoin de tout noter ? ....

14. Vous arrive-t-il de perdre des objets ? ....

15. Vous arrive-t-il d'oublier aussitôt ce que les gens viennent de vous dire ? ....

Total des colonnes .... ☐

Total général .... ☐

Un score supérieur à 15 doit être considéré comme élevé.

Un score élevé ne signifie pas que la personne est atteinte de la maladie d'Alzheimer, mais doit inciter à effectuer une évaluation de ses fonctions cognitives.

Il existe un autre test très important pour évaluer la capacité d'autonomie de chacun. Il donne une bonne mesure des premiers symptômes qui doivent alerter l'entourage, car il concerne des activités simples de la vie de tous les jours.

ÉCHELLE INSTRUMENTALE DE LA VIE QUOTIDIENNE

• Pouvez-vous utiliser le téléphone
1 – Sans aide ?
2 – Avec un peu d'aide ?
3 – Êtes-vous totalement incapable d'utiliser le téléphone ?

• Pouvez-vous voyager vers des lieux éloignés
1 – Sans aide ?
2 – Avec un peu d'aide ?
3 – Êtes-vous totalement incapable de voyager sans que des précautions spéciales soient prises ?

• Pouvez-vous faire vos achats
1 – Sans aide ?
2 – Avec un peu d'aide ?
3 – Êtes-vous totalement incapable de faire vos achats ?

• Pouvez-vous préparer votre repas
1 – Sans aide ?
2 – Avec un peu d'aide ?
3 – Êtes-vous totalement incapable de préparer votre repas ?

• Pouvez-vous faire votre ménage
1 – Sans aide ?
2 – Avec un peu d'aide ?
3 – Êtes-vous totalement incapable de faire le ménage ?

• Pouvez-vous faire vos travaux à la maison
1 – Sans aide ?
2 – Avec un peu d'aide ?

3 – Êtes-vous totalement incapable de faire des travaux à la maison ?

• Pouvez-vous faire la lessive
1 – Sans aide ?
2 – Avec un peu d'aide ?
3 – Êtes-vous totalement incapable de faire votre lessive ?

• Pouvez-vous ou pourriez-vous prendre vos médicaments
1 – Sans aide (à des doses et à des heures correctes) ?
2 – Avec un peu d'aide (vous prenez les médicaments si quelqu'un les prépare pour vous et/ou si quelqu'un vous rappelle de les prendre) ?
3 – Êtes-vous ou seriez-vous totalement incapable de prendre vos médicaments ?

• Pouvez-vous gérer votre argent
1 – Sans aide ?
2 – Avec un peu d'aide ?
3 – Êtes-vous totalement incapable de gérer votre argent ?

Total (maximum 27 points) .... ☐

Pour chaque question, la première réponse correspond à une situation d'indépendance, la deuxième, à la capacité avec assistance, la troisième à la dépendance.

Le score maximal est de 27 ; les scores n'ont de signification que pour un même patient et indiquent une détérioration lorsqu'ils croissent au fil du temps.

Les questions 4 à 7 ont une spécificité de sexe : elles peuvent être modifiées par la personne qui pose les questions.

Le MMSE (*Mini Mental State Examination*) est le plus connu des tests de dépistage d'un déficit cognitif. Il permet une évaluation rapide des fonctions supérieures : mémoire, attention, calcul, langage. C'est l'un des tests les plus communément utilisés pour le dépistage des démences. Sa durée est assez rapide – une dizaine de minutes – et son utilisation et son interprétation sont simples. Le test comporte trente questions ; chacun reçoit un point par réponse correcte. Le score maximal est donc de 30.

L'orientation spatio-temporelle est évaluée sur 10 points ; la capacité à se rappeler immédiatement trois mots, sur 3 points ; la capacité à effectuer 5 soustractions sérielles par 7 (en partant de 100), sur 5 points ; le rappel différé de 3 mots, sur 3 points ; les capacités de langage et visuo-constructives, sur 9 points.

Le test comporte aussi une épreuve d'épellation à rebours du mot « monde » : cette épreuve, qui n'est pas notée, fournit une tâche de diversion pour les patients échouant au test de soustraction sérielle ou le refusant.

Le MMSE est un outil destiné à mesurer le fonctionnement cognitif de façon globale. Son interprétation ne saurait donc porter que sur le score total. Le test faisant appel au niveau culturel, on considère qu'une détérioration cognitive peut être suspectée à partir d'un score égal ou inférieur à 27 pour des sujets d'un niveau culturel élevé, à 24 lorsque le niveau culturel est bas.

Toutefois, un score bas obtenu au MMSE n'est pas considéré comme synonyme de démence : une confusion, une dépression peuvent occasionner un tel score. C'est pourquoi le diagnostic de démence suspecté à partir d'un score de MMSE bas doit impérativement être confirmé par une investigation rigoureuse vérifiant que le patient remplit ou non les critères de démence.

Si le diagnostic est établi, le score au MMSE peut servir à classer la sévérité d'une démence avérée : on définit souvent les démences légères par un score supérieur à

20, les démences modérées par un score situé entre 10 et 20, les démences sévères par un score inférieur à 10.

Le MMSE peut également être utilisé comme un outil rapide du suivi évolutif des affections démentielles. Il permet d'évaluer certaines fonctions fréquemment touchées dans les cas de démence (praxies gestuelles, fonctions exécutives...)

MINI MENTAL STATE EXAMINATION (MMSE)

Orientation

Je vais vous poser quelques questions pour apprécier comment fonctionne votre mémoire.
Les unes sont très simples, les autres un peu moins.
Vous devez répondre du mieux que vous pouvez.
Quelle est la date complète d'aujourd'hui ?

Si la réponse est incorrecte ou incomplète, poser les questions restées sans réponse dans l'ordre suivant :

1. En quelle année sommes-nous ? ❑
2. En quelle saison ? ❑
3. En quel mois ? ❑
4. Quel jour du mois ? ❑
5. Quel jour de la semaine ? ❑

Je vais vous poser maintenant quelques questions sur l'endroit où nous nous trouvons :

6. Quel est le nom de l'hôpital où nous sommes ? ❑
7. Dans quelle ville se trouve-t-il ? ❑
8. Quel est le nom du département dans lequel est située cette ville ? ❑
9. Dans quelle province ou région est située ce département ? ❑
10. À quel étage sommes-nous ? ❑

Apprentissage

Je vais vous dire trois mots ; je voudrais que vous me les répétiez et que vous essayiez de les retenir, car je vous les redemanderai tout à l'heure.

11. Cigare		Citron	Fauteuil	❑
12. Fleur	ou	Clé	ou Tulipe	❑
13. Porte		Ballon	Canard	❑

Répéter les 3 mots.

Attention et calcul

Voulez-vous compter à partir de 100 en retirant 7 à chaque fois ?

14. ❑
15. ❑
16. ❑
17. ❑
18. ❑

Pour tous les sujets, même pour ceux qui ont obtenu le maximum de points, demander :
Voulez-vous épeler le mot MONDE à l'envers ?

Rappel

Pouvez-vous me dire quels étaient les 3 mots que je vous ai demandé de répéter et de retenir tout à l'heure ?

19. Cigare		Citron	Fauteuil	❑
20. Fleur	ou	Clé	ou Tulipe	❑
21. Porte		Ballon	Canard	❑

Langage

Montrer un crayon. **22.** Quel est le nom de cet objet ? ❑
Montrer votre montre. **23.** Quel est le nom de cet objet ? ❑
24. Écoutez bien et répétez après moi :
« PAS DE MAIS, DE SI, NI DE ET » ❑

Poser une feuille de papier sur le bureau, la montrer au sujet en lui disant : « Écoutez bien et faites ce que je vais vous dire :

25. Prenez cette feuille de papier avec votre main droite, ❑

26. Pliez-la en deux, ❑

27. Et jetez-la par terre. » ❑

Tendre au sujet une feuille de papier sur laquelle est écrit en gros caractères : « FERMEZ LES YEUX » et dire au sujet :

28. « Faites ce qui est écrit. » ❑

Tendre au sujet une feuille de papier et un stylo, en disant :

29. « Voulez-vous m'écrire une phrase, ce que vous voulez, mais une phrase entière. » ❑

Praxies constructives

Tendre au sujet une feuille de papier et lui demander :

30. « Voulez-vous recopier ce dessin ? » ❑

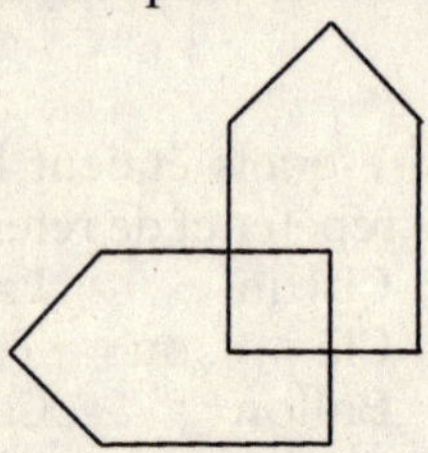

Les neurologues qui conduisent ces tests y ajoutent celui dit « de l'horloge » (il faut replacer les chiffres sur un cadran dans le bon ordre, puis indiquer une heure donnée en dessinant les deux aiguilles). Ça a l'air simple, et pourtant c'est celui que les malades réalisent avec le plus de difficulté.

LE TEST DU CADRAN DE L'HORLOGE

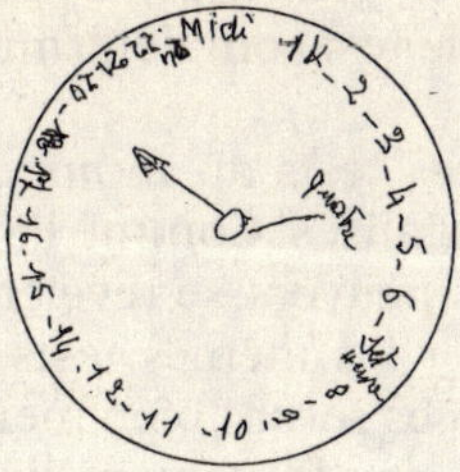

Figure 1. Dessin de l'horloge réalisé par un patient âgé de 71 ans. Maladie d'Alzheimer probable.

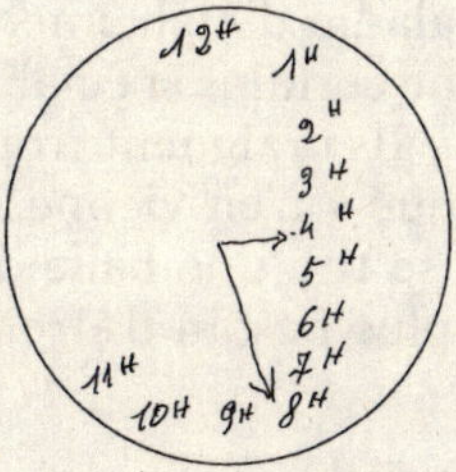

Figure 2. Dessin de l'horloge réalisé par une patiente âgée de 72 ans. Maladie d'Alzheimer probable.

Initialement élaboré pour tester les capacités visuo-spatiales, ce Test du cadran de l'horloge apparaît comme un test simple, rapide et capable de révéler l'altération de plusieurs activités cognitives. Il donne des indications sur les capacités visuo-constructives et l'organisation spatiale, mais il est également révélateur de l'altération des connaissances sémantiques (notamment pour la représentation symbolique de l'heure), de l'altération des capacités exécutives comme l'emploi de stratégies (placement anticipé des points cardinaux du cadran) et du langage (altération du code numérique). La plupart des études insistent sur la bonne spécificité et la très bonne valeur prédictive de ce test.

Évidemment, j'ai joué à effectuer ces tests ! Évidemment, ce n'est pas comme ça qu'il faut faire ! Car les résultats doivent être maniés avec prudence, les conditions dans lesquelles se déroule le test sont déterminantes et ce n'est pas un jeu !

Certains malades subissent ces tests au moment de leur entrée dans des centres spécialisés. Comme ils sont stressés et inquiets, les résultats peuvent se révéler très mauvais. Si on leur refait passer les mêmes tests huit jours plus tard, leurs performances seront bien meilleures. Cette amélioration ne sera pas forcément liée au traitement suivi ni à la prise en charge, mais aux circonstances mêmes du passage du test.

En fait, le diagnostic de la maladie d'Alzheimer est extrêmement complexe, si bien que certains spécialistes répugnent parfois à le formuler... Ils craignent trop de se tromper et que le « diagnostiqué » n'en vienne à se tirer une balle dans la tête. (S'il se tire une balle dans le pied, c'est que la maladie n'a plus besoin d'être diagnostiquée !)

Deux recommandations importantes :

— Pour obtenir un diagnostic, il faut impérativement aller consulter dans un centre spécialisé : centres « mémoire », CHU... Je puis me permettre ici de répéter une vérité qui se chuchote dans la profession : tous les neurologues ne sont pas compétents, encore moins la plupart des généralistes... sans parler de certains orthophonistes qui s'improvisent spécialistes !

— Il faut impérativement accompagner le malade, essayer de lui exposer comment son état va évoluer, et, tant qu'il en est capable, lui laisser une certaine marge de choix dans le mode de suivi des soins.

*

* *

Nous n'avons pas fait de « soirée tests » à Saint-Hilaire, mais nous avons passé Noël tous ensemble, et c'était inespéré. Papa était content de nous avoir toutes réunies. Les enfants ont joué dans toute la maison, jusqu'au grenier. Mathilde, Clotilde et moi avons préparé le grand dîner de réveillon : huîtres, foie gras, dinde farcie aux marrons. Exceptionnellement, nous ne nous sommes pas disputées sur la composition du menu ni sur les temps de cuisson. Comme si nous savions qu'être rassemblés en ce jour de la Nativité tenait du miracle...

Nous avons tous posé pour la photo de famille, devant la cheminée. Mathilde avait réglé son appareil numérique avec déclencheur à distance. Nous avions installé Maman dans un grand fauteuil, au centre de notre groupe, pour l'encadrer, lui rendre sa place, peut-être aussi pour tenter de masquer sa « différence ». Mais, en dépit de tous nos efforts pour la maquiller, l'entourer, l'embrasser, Maman, sur les photos, a tout de même l'air égarée, ailleurs. Pas une fois elle ne sourit ; elle regarde dans le vague ; elle est déjà nulle part.

Le lendemain, en visionnant les photos sur l'ordinateur, je dis à Mathilde qu'on pourrait peut-être « traiter » les photos, avec son programme, pour redonner une certaine animation au regard de Maman rajouter un sourire à son expression...

Nous avons ri de nos vaines retouches... C'est formidable, l'informatique : on peut truquer tout à fait le réel ! Mais le résultat, en l'occurrence, restait pitoyable. En revanche, ce qui nous fit du bien, ce fut de pouvoir traiter par la dérision cette ultime tentative de rafistolage familial...

[illegible] Mathilde. Candide [illegible]

[illegible]

Nous avons [illegible] pour la [illegible]

[illegible]

[illegible]

Chapitre 5

Une démence nommée Alzheimer

(janvier 2003)

Aujourd'hui, chercheurs et neurologues travaillent tous à identifier au mieux les premiers « signaux » de la maladie, notamment ceux qui se manifestent dans les cinq ans précédant son déclenchement. Certains, comme le professeur Jacques Touchon, chef du service de neurologie du CHU de Montpellier, estiment qu'il faut intervenir, dès les tout débuts de ces manifestations, par une prise de médicaments ou des exercices de mémoire appropriés, car, si ces premiers symptômes étaient traités dès leur apparition, près de la moitié des cas de « MA » (maladie d'Alzheimer), comme ils disent, pourraient être retardés de cinq à dix ans, voire écartés.

Mais, pour mieux cerner la maladie, j'ai demandé une sorte de leçon particulière à Françoise Forette. C'est *la* spécialiste de la gériatrie en France, celle qui a le plus travaillé sur Alzheimer, créé des réseaux, accueilli les malades à l'hôpital Broca qu'elle a longtemps dirigé.

Brune, les cheveux courts, les yeux pétillants, mince, pas très grande, elle dégage une énergie peu commune. Je ne connais pas son âge, mais, manifestement, elle a su garder intactes sa curiosité et une énorme capacité de travail. Elle a fait de la gériatrie une spécialité à part entière, et ses travaux sont mondialement reconnus :

c'est elle qui a, entre autres, démontré qu'il y avait un lien entre hypertension et maladie d'Alzheimer.

Elle a accepté de me recevoir et d'expliquer à la béotienne que je suis les grandes étapes de la recherche sur Alzheimer. Dans son bureau de l'hôpital Broca, elle m'accorde quatre heures de « cours », quelle aubaine !

Elle m'expose d'abord les caractéristiques de la maladie d'Alzheimer, ce qui la différencie des autres formes de démence et de dégénérescence du cerveau, répertoriées et reconnues par tous.

— La maladie d'Alzheimer correspond à une définition précise établie et admise par « consensus international ». Elle est caractérisée par :

a) un début insidieux et progressif, un déclin continu des facultés cognitives ;

b) une altération de la mémoire ou « plainte mnésique » (incapacité à apprendre des informations nouvelles ou à se rappeler des informations apprises antérieurement) ;

c) une ou plusieurs dégradations telles que :

• une aphasie (troubles de la parole) ;

• une agnosie (ne pas reconnaître un objet ni pouvoir le nommer en dépit du fait qu'on n'a pas de troubles de la vision ; ce sont des patients à qui l'on dit : « Prends ton verre et bois un peu d'eau » et qui ne savent pas reconnaître le verre...) ;

• une apraxie (impossibilité de faire des gestes coordonnés, en dépit d'une absence totale de paralysie, par exemple, ils ne savent plus boutonner leur chemise...).

Ces trois troubles constituent en quelque sorte le « trépied » de la maladie.

d) S'y ajoutent d'autres formes de troubles : une perturbation des fonctions exécutives (faire des projets, organiser, ordonner son temps, avoir une pensée abstraite) ; ce sont les troubles fonctionnels, que l'on appelle encore les TAVQ (troubles de l'activité de la vie quotidienne), parmi lesquels surtout les TAIVQ (les troubles de l'activité instrumentale de la vie quotidienne (on ne sait plus gérer ses finances, téléphoner, se déplacer, prendre l'autobus, prendre ses médicaments, etc.). Le dernier stade intervient quand on n'est plus capable de se laver, de s'habiller et de manger tout seul.

En dehors de la dégradation des fonctions cognitives, il y a aussi des symptômes spécifiques qui peuvent être répartis en cinq catégories :

• troubles du comportement (déambulation, agitation ou apathie) ;

• troubles de l'humeur (dépression, anxiété, indifférence) ;

• troubles psychotiques (idées délirantes, hallucinations, complexe de persécution) ;

• troubles végétatifs (anorexie ou gloutonnerie, troubles du sommeil avec somnolence diurne ou réveil nocturne, incontinence) ;

• troubles fonctionnels (de la toilette, de l'habillage, de l'alimentation).

90 % des patients atteints de la maladie présentent des troubles du comportement parmi lesquels l'apathie et la dépression sont les plus fréquents. L'apathie comme la dépression sont considérées comme des symptômes majeurs mais pourraient aussi bien être des déclencheurs de la maladie : le patient ne prend plus d'initiatives, n'a plus envie de rien (ni de se lever, ni de s'habiller, ni de se mettre à table). La dépression, notamment, pourrait être un facteur causal, mais on peut aussi l'expliquer par la grande difficulté à effectuer certaines activités de la vie courante.

J'écoute avec la plus vive attention tout en vérifiant que mon petit magnétophone tourne, car je ne suis pas sûre d'avoir tout noté convenablement. Je me retrouve dans la peau d'une élève à qui l'on doit réexpliquer tout le cours. Mais Françoise Forette est tellement prise par son sujet que ce pensum ne semble pas lui peser outre mesure.

Ce qui m'intéresse, ce n'est pas seulement la connaissance médicale de la maladie, c'est aussi et surtout son « vécu ».

Quels conseils donner aux familles ?

— Quand on constate que le patient a des troubles de mémoire particuliers, il faut consulter. Je ne parle pas là du fait d'oublier des noms ou une date. Je parle des cas où l'on voit que ça prend des proportions vraiment inhabituelles. Téléphoner quatre fois de suite à la même personne, ça n'est pas normal ; se perdre quand on se rend chez son coiffeur habituel, ça n'est pas normal. Il s'agit là de symptômes que l'on relève déjà un peu tard. Dès qu'on note des troubles de mémoire qui passent la norme, il faut aller consulter dans un centre spécialisé en gériatrie, dans un CHU, dans un centre de consultation « mémoire », chez un neuropsychiatre, afin qu'un diagnostic soit porté.

Et il faut traiter ! Les dernières générations de médicaments, même si elles ne guérissent pas, ont changé radicalement la prise en charge de la maladie, surtout pour ceux que je vois ici, à l'hôpital Broca, où nous bénéficions déjà d'une longue expérience : nous suivons certains patients depuis 1988 et nous savons que certains traitements appropriés conservent ce que j'appelle la « surface sociale » du patient. Certains se présentent comme vous et moi, peuvent assister au mariage de leur cousin, à la communion de leur petite-fille. Certains époux continuent même à voyager à l'autre bout du monde. Celui qui est malade ne pourrait voyager seul, il se perdrait immédiatement ; mais, à deux, ils peuvent encore partager une activité. Le traitement maintient une vie sociale, et c'est un point capital.

Pourquoi cette maladie « arrive »-t-elle aujourd'hui ?

— Elle n'arrive pas du tout aujourd'hui ! Le problème de la maladie d'Alzheimer, c'est que, jusqu'à l'âge de soixante-dix à soixante-quinze ans, on en voit assez peu. Autrefois, de ces gens-là, on disait : « Ils perdent la boule, c'est normal ; c'est l'âge... » De nos jours, on vit de plus en plus vieux, et vous assistez à une montée en flèche de la courbe de la maladie après quatre-vingts ans... Ce qui veut dire que plus la population a de chances de vieillir, plus elle risque aussi de développer la maladie d'Alzheimer...

Ce risque monte même à 60 % entre quatre-vingt-dix et quatre-vingt-quatorze ans !

— Ce doit être juste un petit peu moins... Il existe deux grandes causes de dégradation de l'intellect, qui sont l'Alzheimer et les démences d'origine vasculaire... Les proportions varient selon les continents. En Amérique du Nord, vous avez plus de maladies d'Alzheimer (75 %) ; en Asie, vous en avez moins de 46 %, mais plus de démences d'origine vasculaire ; en Europe, on est entre les deux... Parmi les causes de détérioration de l'état mental du patient, il n'y a donc pas que la maladie d'Alzheimer. Il y a des maux irréversibles comme certains méningiomes (tumeurs bénignes), mais aussi des infections : le sida peut provoquer des ravages dans l'intellect.

Est-ce la même chose que lorsque le vieux pépé perd un peu la boule ?

— Non ! Si quelqu'un perd la boule, c'est qu'il a quelque chose au cerveau. Ce qu'on appelait autrefois le « gâtisme » n'existe pas... Le terme « démence » recouvre toutes les détériorations intellectuelles qui atteignent diverses aires cognitives (donc, pas seulement les troubles de la mémoire, mais aussi bien les troubles du jugement, du comportement...). Voilà ce qu'on appelle la démence, et qui a toujours une cause. Il n'y a pas de démence sans cause, et l'âge en soi n'est jamais cause de démence. Il y a davantage de cas de démence avec l'âge, mais à l'origine on trouve toujours une maladie...

Pourtant les médecins diagnostiquent encore très mal et très tard la maladie d'Alzheimer, et les généralistes répugnent souvent à en parler.

— Oui. À Paris, par exemple, où il existe pourtant de nombreux spécialistes, le taux de diagnostics ne concerne que 35 % des cas. La proportion de malades soignés n'est que de 12 %. C'est nettement insuffisant !

Mais pourquoi si peu ? Faut-il l'imputer en partie aux médecins généralistes ?

— Eh bien, oui ! C'est dû en grande partie aux réticences des médecins généralistes, et ce, pour deux raisons.

Tant qu'il n'y avait pas de traitements, ils pensaient : « À quoi bon coller une étiquette sur le front de cette vieille dame ? Sa famille va la considérer différemment si on lui dit qu'elle a un Alzheimer. Elle-même risque de s'en inquiéter. » Moi, je n'étais déjà pas d'accord avec cette attitude, car c'est l'absence de diagnostic qui est cause d'inquiétude pour la famille et peut aussi susciter une certaine exaspération. La personne qui ressasse toujours la même chose, qui pose toujours les mêmes questions, si on ne sait pas qu'elle est malade, on finit par lui dire qu'elle nous énerve... On prend ça pour du harcèlement. Donc, de toute façon, il fallait dire ce qu'il en était.

La seconde raison est que les médicaments ne sont délivrés que sur prescription hospitalière ou émanent de spécialistes : neurologues, psychiatres, gériatres. Le généraliste s'est en quelque sorte trouvé écarté. Ce qui a engendré chez lui une sorte de désintérêt vis-à-vis de la maladie si bien qu'il ne signale pas les patients.

En outre, il faut souligner que le nombre de centres comme le nôtre pouvant émettre le diagnostic de la maladie d'Alzheimer est nettement insuffisant. On a en moyenne six mois de délai pour une consultation, ce qui est inadmissible !

La difficulté, avec cette maladie, ne tient-elle pas, au fond, à ce que le choix, la décision sont laissés à la famille ? C'est la famille qui décide ou non de faire soigner le malade, car personne ne lui dit clairement : voici le diagnostic et voici le traitement, voici comment ça va évoluer... Chaque membre de la famille interprète donc à sa façon les symptômes. C'est probablement la seule maladie où cette charge incombe à la famille. Face à un cancer, on n'hésite pas à dire : il va falloir faire ci ou ça. Face à un Alzheimer, on reste dans le flou...

— Ça dépend. Quand la famille vient dans un centre spécialisé comme le nôtre, on lui explique tout l'intérêt du traitement. Mais c'est vrai qu'ensuite personne ne peut forcer quelqu'un à suivre un traitement. Après, vous ne dépendez plus que de vous-même (au début de la maladie) ou bien de votre famille. À un patient relativement évolué, on indiquera son traitement, mais, une fois sorti de votre bureau, il risquera d'avoir totalement oublié. Il faut alors nécessairement que la famille prenne en charge le traitement du patient.

Est-ce qu'on peut aujourd'hui dire à un patient ou à sa famille comment va évoluer sa maladie en fonction des symptômes qu'il présente ?

— C'est ce que la famille nous demande, mais c'est très difficile. La durée moyenne de la maladie est de cinq à six ans. Mais il y a des cas extrêmes : de deux à vingt ans ! Pour tel ou tel patient, on a le plus grand mal à émettre un pronostic. C'est l'évolution elle-même qui nous conduit à penser que la maladie va progresser plus ou moins vite. Quand la famille nous dit : « On est venus il y a trois ans, elle est pareille », cela veut dire que l'évolution est lente, donc que la maladie ne va progresser que peu à peu. Par contre, si la famille nous dit : « Vous n'imaginez pas comme ça s'est aggravé en six mois », on peut penser qu'on a affaire à ce qu'on appelle des « déclineurs rapides » et que la maladie va évoluer à grands pas.

Quels conseils donner aux familles, car c'est une maladie qu'elles n'acceptent pas aisément. Il y a quelque chose de spécifique à la démence... Ça n'est pas comme avoir un cancer !

— Non, ce n'est pas la même chose, parce que les malades du cancer restent eux-mêmes jusqu'au bout, tandis que dans la maladie d'Alzheimer la personnalité du patient se transforme. Quand le malade ne reconnaît plus son conjoint, c'est un déchirement pour le mari ou l'épouse. Et certains époux de dire : « Au fond, c'est une mort sans cadavre... Ce n'est plus mon mari, ce n'est plus ma femme ! » Mais il y a aussi des maris qui s'accrochent et qui feraient n'importe quoi pour leur femme. Il est sûr qu'on ne les aide pas assez. Ce qui les aiderait le plus, ce sont des gardes à domicile, mais c'est réservé aux familles riches...

Est-ce que la difficulté ne vient pas d'abord du fait qu'on ne dit pas la vérité aux familles ? Chez nous, personne n'a jamais dit à mon père : « Un jour, votre femme ne vous reconnaîtra plus. »

— Oui, mais c'est là une tradition française. Les Américains le disent d'emblée, puis expliquent au patient exactement ce qui va se passer. Ce peut être tragique. L'annonce du diagnostic n'est pas évidente. En informer brutalement la famille est également difficile. Je crois qu'il faut dire progressivement comment ça va se passer, tout en laissant une lueur d'espoir. Nos patients qui sont sous traitement reconnaissent pour l'instant les membres de leur famille. Pourquoi les inquiéter cinq ans à l'avance, alors qu'ils passent des années relativement agréables ? Ceux qui sont le plus dramatiquement touchés, ce sont les époux ; les enfants, eux, prennent ça avec plus de philosophie.

Le terme de « démence » est le plus souvent violemment rejeté. Au sein de ma propre famille, je suis la seule à l'employer. Mes sœurs ne disent pas de ma mère qu'elle est démente, mais qu'elle a la maladie d'Alzheimer. Moi, je leur affirme que c'est la même chose.

— En effet, les familles rejettent ce terme. Nous autres médecins ne l'utilisons pas non plus quand nous nous adressons à elles. Pour ma part, je parle de détérioration intellectuelle liée à la maladie d'Alzheimer. Les familles ne supportent pas le mot « démence », bien que ce soit un terme médical. Pour eux, la démence, ce sont les fous enfermés à l'asile. Ça ne leur évoque en rien la maladie de leurs proches.

L'idée que la « personnalité » du patient a disparu est une notion que vous partagez ?

— Bien sûr : quand toutes les fonctions cognitives sont atteintes, la personnalité n'est plus la même. Cela dit, on ne peut pas se mettre à l'intérieur du cerveau des patients atteints. Quand on dit qu'ils ne reconnaissent pas leurs proches, en vérité, on ne sait pas ce qui se passe : est-ce qu'ils ne les reconnaissent pas, ou est-ce qu'ils ne sont plus capables de formuler leur reconnaissance ?

Ce que disent les familles, c'est que, chez beaucoup de patients, l'affectivité se conserve jusqu'au bout. Votre mère ne vous reconnaît pas en tant que sa fille benjamine, mais, quand elle vous voit, elle sait probablement que vous êtes quelqu'un qu'elle aime et à laquelle elle est liée.

Donc, au fond, nous avons les uns et les autres raison ?

— Oui. On voit les yeux du patient qui s'éclairent quand l'époux ou les enfants pénètrent dans la chambre. Le malade ne dit pas : « Tiens, voilà mon mari... ma fille », mais on perçoit qu'il est heureux.

J'ai reçu beaucoup de lettres de lecteurs me disant : « Il (ou elle) m'a reconnu(e) juste avant de mourir. »

— Beaucoup de familles le disent. Je n'ai pas de réponse. Est-ce leur désir profond que ça se soit passé ainsi, qu'ils aient pu se dire au revoir ? Ou est-ce qu'il y a eu une sorte de trace d'état normal ? Je ne sais pas.

Peut-on expliquer par la psychiatrie certains retours inexpliqués de la mémoire ?... Quelqu'un qui ne parlait pas se remet à parler ou bien se ressouvient de quelque chose ?

— Les familles en parlent souvent, mais je n'ai aucune réponse. Certains m'ont dit : « Ma mère m'a parlé pendant trois heures, comme avant... » On m'a souvent raconté ça après des interventions chirurgicales. Est-ce qu'au moment des perfusions de glucose en quantité massive auxquelles on peut procéder pendant des anesthésies générales le métabolisme du cerveau vient à changer ? Je n'ai pas de réponse à cette question.

Ne faudrait-il pas donner une certaine formation à la famille, l'accompagner davantage ?

— Normalement, c'est ce qui est prévu dans les centres « mémoire » et les centres experts. La loi Kouchner a mis l'accent sur trois points : un meilleur dépistage par le médecin praticien ; ensuite une consultation « mémoire », enfin un centre expert de ressources et de recherches, d'une part pour les cas difficiles, d'autre part pour faire avancer la recherche en ce domaine.

Il est bien évident qu'au niveau des centres « mémoire » et des centres de recherches il faut une prise en charge de la famille. Elle a lieu de plus en plus, mais, malheureusement, on manque de psychologues ou même de personnels infirmiers pour y parer. Les familles ont besoin d'une prise en charge psychologique, car c'est épouvantable d'avoir un malade d'Alzheimer chez soi, vous le savez aussi bien que moi !

En effet, les familles ne savent pas comment la maladie va évoluer, elles ne savent pas s'il faut ou non « placer » le malade. Sans compter qu'il y a beaucoup de culpabilité autour de ça...

— On essaie de déculpabiliser les proches, on essaie de leur dire qu'il y a un moment où il faut passer la main. La relation affective étant moins importante, la prise en charge est plus sereine dans les centres spécialisés. Car il y a des moments où vous en voulez à la personne malade. À compter du jour où la charge sera devenue trop lourde, le personnel professionnel s'en occupera mieux que la famille. C'est aussi souvent une question de survie pour le conjoint qui n'en peut plus. Le placement en institution devient alors une nécessité.

Mais il faut aller dans un centre spécialisé dans la maladie d'Alzheimer, car on ne peut mettre ces personnes-là dans une maison de retraite classique ?

— Là-dessus, il y a beaucoup à dire. Il est vrai qu'il existe des maisons de retraite qui se sont spécialisées dans l'accueil des Alzheimer. Par exemple la villa d'Épidaure, à Garches. Deux psychiatres la dirigent et c'est une excellente maison où l'on a développé un projet particulier pour ces patients. Mais, quand on effectue des études pour comparer la prise en charge des patients d'Alzheimer dans ces maisons spécialisées (ce qui a été beaucoup fait aux États-Unis) et dans les autres maisons de retraite, on constate qu'il n'y a pas de supériorité mesurable dans les centres spécialisés dans l'Alzheimer. On peut toutefois se dire que la qualité de vie du patient (et celle de l'aidant) est plus grande du fait qu'ils se sentent dans un lieu de soins et d'accueil très spécialisé.

Mais force est de constater qu'une maison de retraite dynamique, bien organisée, avec thé dansant et activités manuelles, ça marche aussi très bien ! Tout dépend de ladite maison de retraite, de la directrice, de l'infirmière principale...

Mais n'éprouve-t-on pas en France de très vives réticences à l'égard du placement ? Comme si cela revenait à « abandonner » le malade...

— Il faut lutter contre ce sentiment d'abandon qui s'explique d'abord sur le plan culturel. En France, indépendamment de la maladie d'Alzheimer, la tradition, pour les personnes âgées, est de rester vieillir chez soi. Alors qu'il est des pays comme le Canada où la coutume est bien ancrée d'aller vieillir en maison de retraite. Quand vous voyez, l'hiver, les perrons des maisons, les escaliers couverts de neige, vous comprenez pourquoi : les personnes âgées ne peuvent plus vivre chez elles. En Scandinavie, c'est pareil. Le taux d'institutionnalisation en maison de retraite ou dans des résidences spécialisées est très supérieur dans ces pays froids. En France, la tradition est, à l'inverse, de rester chez soi : on s'achète même une maison pour ses vieux jours, pour y vivre sa retraite...

Pour les personnes atteintes, il y a donc une sorte de mouvement de recul vis-à-vis des maisons de retraite, qui est inapproprié quand il s'agit de cas d'Alzheimer. Sans doute est-ce parce que le placement dans une institution est souvent vécu comme un échec.

Il peut aussi y avoir une sorte de jalousie à l'égard du personnel soignant qui arrive parfois à mieux communiquer avec le malade, à mieux lui faire accepter certaines règles.

— Ça dépend des familles. Il y en a qui acceptent la maladie et d'autres qui la refusent. C'est là une différence fondamentale. Les familles qui la refusent sont extrêmement difficiles à gérer, que le patient soit à domicile ou placé, car, pour elles, rien ne va jamais bien, elles refusent de toutes leurs fibres que le malade soit atteint.

Et puis il y a des proches qui acceptent, certains parce qu'ils sont religieux, d'autres parce que telle est leur attitude dans la vie. Là, c'est beaucoup plus facile... Je me rappelle une femme de général qui était absolument admirable : son époux avait été placé ici, et non seulement elle acceptait la maladie, mais elle avait décidé de gérer ça au mieux. Elle venait ici tous les soirs retrouver son mari et elle dînait avec lui et les autres déments. La salle à manger ne comporte que des tables de quatre : elle s'asseyait donc avec trois malades autour d'elle, dont son mari, et on aurait dit qu'elle se trouvait là dans son salon, recevant des visiteurs et conversant comme si de rien n'était : « Mais oui, mon cher... Voulez-vous bien me passer le sel... » Elle était fabuleuse !

Elle faisait plus encore. Son mari étant un vieux monsieur encore vert qui avait de gros besoins en matière d'appétit sexuel, elle s'était tout à fait adaptée à la situation et disait : « C'est normal, je suis sa femme », puis elle prévenait les infirmières que, pendant une demi-heure, elle allait fermer la porte à clef – ce qui est interdit ici pour d'évidentes raisons de sécurité. Donc, elle s'enfermait avec lui et quand c'était fini, elle rouvrait la porte et lançait : « Me revoilà ! »

Est-ce que ça a amélioré le comportement du général ?

— Sûrement, sûrement ! C'est dans ces cas-là qu'on réalise qu'on a des théories dont la portée, dans la pratique, se révèle limitée. Ce sont les aides-soignantes qui montrent souvent le plus de bon sens en la matière. Par exemple, on dit qu'il ne faut pas entrer dans le délire des patients quand ils voient ou croient voir certaines choses... Dans ce cas précis, notre général ne voulait jamais aller se coucher. Eh bien, les aides-soignantes avaient trouvé un truc pour le faire rentrer dans sa chambre le soir ; elles lui disaient : « Attention, général, à vos quartiers, voilà la patrouille ! » Et pfuitt, il filait dans sa chambre ! Ça marchait très bien...

Nous, nous ne l'avons su que longtemps après. *A priori*, on leur aurait dit : « Non, il ne faut pas dire ça ! » En fait, c'est elles qui avaient raison.

*

* *

Maintenant que Françoise Forette a débroussaillé le terrain, je mesure mieux combien la tâche est difficile. Pour ce qui nous concerne, il n'a jamais été question de ne pas garder Maman à la maison. Mais, pour ce faire, il a fallu mettre en place une structure quasi hospitalière.

À Saint-Hilaire, les journées sont rythmées comme dans un hôpital, maintenant que Maman a franchi « la porte des étoiles ». Trois fois par jour, des aides-soignantes viennent à la maison.

L'une vient le matin pour la lever, la laver, la changer. Car elle porte désormais des couches de jour comme de nuit. Elle lui enfile une espèce de Babygros attaché dans le dos, qui tient ses couches en place et équipé d'une fermeture qui l'empêche de les enlever (c'était déjà arrivé et je ne vous raconte pas le détail...). Ensuite elle l'habille d'un pull léger et d'un pantalon. Désormais, elle ne porte plus de jupes. Le pantalon est mieux adapté et lui fait une silhouette plus jeune, à elle qui a tant maigri. Avec un joli pull par-dessus, elle peut encore faire illusion. Mathilde a renouvelé toute sa garde-robe et Papa n'a rien trouvé à y redire. Il aime à la voir fraîche et propre même si elle a tout perdu de son élégance de naguère.

Le matin, elle entame son manège : circule, empile, furète partout, ou encore suit pas à pas la femme de ménage qui passe elle aussi matin et après-midi.

Yvette connaît la famille depuis tant d'années qu'elle s'est habituée aux métamorphoses de Maman. Elle a subi ses sautes d'humeur (« Mais vous ne savez rien faire, ma pauvre Yvette ! Ce n'est pas ainsi qu'on met le couvert... »), les accusations injustes (sur un ton soupçonneux : « Mais où sont passés mes draps brodés ? »), elle a assumé les tâches les plus repoussantes (quand Maman « oubliait » le chemin des toilettes et qu'il fallait tout nettoyer...). Elle a éconduit les camelots qui passaient à la maison pour proposer « des affaires en or, j' vous jure, madame ! ». (Il y a quelques années déjà, un matin qu'elle était restée seule à la maison pendant que Papa était allé acheter son journal, Maman avait ainsi acheté une quinzaine de blousons en similicuir à un gitan de passage. « Une très bonne affaire ! » disait-elle... Même en francs, le coût en était considérable, et les blousons, affreux ! Mais elle en était à ce stade de la maladie où elle était encore consciente de ses « écarts de comportement » tout en ne voulant pas les admettre.) Aujourd'hui encore, Yvette continue à lui parler comme avant, elle l'appelle « Madame », lui demande son avis, commente l'état du jardin.

Papa, qui doit apprécier ce calme domestique, lit son journal, puis il fait une petite sieste rapide autour de 10 h 30, pendant qu'Yvette prépare le repas.

À midi, une autre aide-soignante vient les aider à manger puis à se recoucher pour la vraie sieste. Jusqu'à 16 heures, plus rien ne bouge dans la maison. Papa somnole dans son fauteuil favori, près de la cheminée ; Maman est allongée sur son lit, dans la chambre-bibliothèque.

L'activité reprend entre 16 h 30 et 19 heures. C'est le moment où Maman déambule le plus. Papa va parfois faire un tour au jardin ou bien s'escrime sur quelque grille de mots croisés... À 18 h 30, retour d'une aide-soignante qui vient préparer Maman pour la nuit. Rechangement de couches et pyjama de nuit. Pendant ce temps, Papa regarde le journal à la télévision.

À 19 h 30, repas du soir. À 20 heures, coucher.

Papa aime bien toutes ces jeunes femmes pimpantes qui viennent à tour de rôle prendre soin d'eux et lui épargnent désormais les tâches les plus rebutantes inhérentes aux « soins de la personne ». Quant à Maman, elle accepte plus volontiers de se confier aux mains expertes des aides-soignantes pour sa toilette... Merci à elles, Élise, Nadine, Martine... Et merci à Yvette, évidemment !

Chapitre 6

Une journée à Sainte-Anne

(février 2003)

J'ai rendez-vous cette fois avec le docteur Thierry Gallarda, de l'hôpital Sainte-Anne à Paris. Oui, oui : l'hôpital des fous dont le seul énoncé du nom fait peur, parce qu'on y internait jadis aussi de force certains esprits récalcitrants. Ce fut l'un des séjours d'Antonin Artaud, entre autres. C'est en pensant à lui que je franchis la lourde porte et remonte l'allée centrale bordée d'arbres centenaires. Le lieu est à la fois impressionnant par sa « mémoire » (un comble !) et par son calme. Le froid est vif mais le ciel est bleu faïence. Tout en méditant sous les branches dénudées par l'hiver, je me fourvoie et suis obligée de demander mon chemin. Je me suis trompée : les services de consultations sont à l'écart, on y accède par une autre entrée... Sans doute pour ne pas traumatiser les futurs patients !

Le docteur Gallarda m'accueille sur le seuil de son bureau, au premier étage. C'est un grand jeune homme qui ressemble à mon neveu Charles. Je ne sais si c'est le métier qui veut ça, mais il a une façon très particulière d'écouter son interlocuteur, avec calme et attention, l'œil bleu à la fois chaleureux et étonné derrière ses lunettes. Je suis sûre qu'il doit rassurer les patients qui débarquent dans son bureau : il a l'air si jeune qu'ils doivent volontiers le prendre pour leur petit-fils.

Pourtant, Thierry Gallarda est *le* spécialiste de la maladie à Sainte-Anne. Il ne rate aucune publication sur le sujet, aucune nouveauté. Il publie lui-même des guides, des conseils destinés aux spécialistes ou aux généralistes, et c'est lui qui m'a le premier contactée pour que je vienne témoigner au cours d'un colloque consacré à la démence et au vieillissement.

Thierry Gallarda m'explique qu'ici, à Sainte-Anne, il voit surtout des cas extrêmes. Des malades envoyés par les médecins parce qu'il faut au moins provisoirement les soustraire à leur entourage. Il faut dire qu'à six cents euros la journée d'hôpital il n'y a pas ici de malades en long séjour : il s'agit de procéder à une évaluation, de dresser un bilan en un laps de temps qui dépasse rarement la semaine.

Le plus jeune malade d'Alzheimer qu'il ait eu à connaître avait vingt-huit ans ! On l'avait envoyé à Sainte-Anne sur un diagnostic d'hystérie... Il m'explique que tel est son quotidien : les malades qui lui sont adressés se trouvent toujours dans un état très avancé et présentent en outre toute sorte de troubles du comportement. Les Alzheimer qu'il rencontre ont souvent des « idées de préjudice », des « bouffées délirantes ».

— En fait, les familles les amènent parce qu'elles n'en peuvent plus. Parfois, le malade devient agressif, violent, pousse des hurlements ou bien se met à inverser le rythme veille-sommeil... Là, la famille ne peut plus suivre. Il y a aussi un risque que le malade devienne dangereux pour les autres et pour lui-même.

Mais ces familles savent-elles à quoi s'attendre, connaissent-elles les stades et l'évolution de la maladie ?

— Pas toujours. Il y a des personnes très demandeuses, et d'autres qui préfèrent rester dans l'ignorance. Dans les pays anglo-saxons, la tradition est de tout dire en détail au malade et à sa famille. En France, on est plus prudent.

Chaque fois qu'on doit porter un diagnostic, on tient compte de la situation particulière du patient.

L'approche change aussi avec l'apparition de nouveaux médicaments qui obligent à mieux cerner la maladie. Si on prescrit par exemple au malade une bithérapie (par exemple, Aricept® associé avec Ebixa®), il ne faut surtout pas y adjoindre des sédatifs qui ont tendance à ruiner l'effet des premiers...

Le docteur Gallarda sort d'une consultation avec un couple ; leur entretien est révélateur des cas qu'il rencontre. Il s'agit cette fois d'une dame de quatre-vingts ans, traitée pour dépression depuis plusieurs années. À la demande de son médecin traitant, elle a été provisoirement hospitalisée à Sainte-Anne où on lui a prescrit des psychotropes, c'est-à-dire des antidépresseurs, et des anxiolytiques. Mais, à la suite de ce traitement, son esprit est devenu plus confus. L'équipe médicale a donc décidé de l'alléger. Mais, là, les choses se gâtent : non seulement elle reste dépressive, mais elle manifeste des troubles de la mémoire et des troubles du comportement. Elle perd le rythme veille-sommeil. Dès lors, la question du placement commence à se poser...

Je demande au docteur Gallarda comment a réagi l'époux de la patiente. Il soupire.

— Le problème, c'est qu'il s'agit d'une décision extrêmement difficile que les familles refusent d'envisager à froid. Si bien qu'il faut souvent se décider dans l'urgence, ce qui est évidemment la pire des solutions pour le malade comme pour le conjoint.

Et dans ce cas précis ?

Il hésite pour trouver la bonne formule.

— Disons qu'il a fallu se montrer un peu directif vis-à-vis du mari. Vous savez, les conjoints se tueraient pour venir en aide à leur malade (38 % des aidants meurent d'ailleurs avant le patient lui-même). Les études immunitaires font état d'un accroissement des maladies chez les conjoints... On a même inventé une nouvelle spécialité pour ces accompagnants : ça s'appelle la « proximologie » ! Vous voyez qu'on ne les laisse pas tomber !

Mais qu'est ce qu'il va devenir, ce vieux monsieur, avec sa femme « placée » ? Le voici seul. À qui parle-t-il ?

— À moi, à nous. Ça fait partie de notre travail. Il faut écouter les aidants, qui ont une vie très difficile. Parfois même, il faut les suivre en même temps que le malade. Dans le cas de ce monsieur, le plus difficile sera pour lui de retrouver un projet de vie. En attendant, nous avons examiné ensemble s'il y avait un établissement dans Paris *intra muros* où elle pourrait être prise en charge. On va l'y installer et il pourra aller la voir tous les jours. S'il le faut, on le suivra, lui, en consultation, pour nous assurer qu'il ne déprime pas. Mais, vous savez, quand on arrive à trouver ensemble une solution, les proches nous font confiance, ils reviennent toujours nous consulter s'il y a un problème !

Y a-t-il un moment plus opportun qu'un autre pour le placement ?

— Il vaut mieux éviter un placement d'urgence au tout dernier moment, c'est évident. Mais, parfois, on ne peut faire autrement : il peut ainsi y avoir dégradation subite, un malade qui est incapable de s'en retourner chez lui. En revanche, si le malade a encore ses facultés, il pourra se repérer dans un nouveau lieu : certaines maisons ont des parcours colorés au sol qui aident les malades à retrouver leur chemin. Ils peuvent aussi s'habituer à d'autres visages, se sentir rassurés par une prise en charge permanente. Ça marche très bien, vous savez ! Surtout dès lors qu'ils savent qu'on ne les juge pas. Qu'on respecte ce qu'ils sont !

Je n'ai pas accompagné Thierry Gallarda dans son service. Je n'ai rencontré ni malade ni famille. À Sainte-Anne, ça me semblait par trop difficile. En revanche, j'ai rencontré il y a quelques mois, à Nancy, l'équipe du CHU, le centre de long séjour Saint-Stanislas, à l'occasion d'un colloque avec médecins et infirmières. C'était une réunion originale car elle associait précisément médecins, familles de malades et infirmières, c'est-à-dire ceux qui soignent et ceux qui vivent au jour le jour avec les malades. Tous les thèmes concrets furent abordés, notamment le plus difficile : celui du placement du malade en institution.

Je me souviens du témoignage de M. R., responsable de la section locale de l'Association France-Alzheimer Il nous a parlé du cas de son épouse. Il lui avait fallu deux ans de réflexions, de tergiversations, d'interrogations avant de prendre sa décision. Il n'arrivait pas à se résoudre à confier son épouse à une institution, bien qu'il ne fût plus capable de faire face tout seul. Au bout de tout ce temps, après l'avoir longuement mûrie, il a donc pris sa décision. Mais, parce que ce choix était trop lourd, trop bouleversant au sens propre du terme, il a alors décidé de tout changer dans sa vie. Il a vendu la maison où ils avaient vécu tous les deux. Il a tiré un trait sur leur passé : plus de maison, plus de meubles... Il s'est installé dans un appartement plus petit, en centre ville, près de la maison où est désormais hébergée son épouse. Il lui fallait faire ce travail de deuil personnel, s'imposer à lui aussi un changement total pour pouvoir prendre cette décision.

Je crois que cette épreuve qu'il s'est imposée montre la difficulté d'un tel choix et l'ampleur du changement auquel il faut se résoudre. Pour M. R., ce changement de mode de vie rendait plus tolérable l'existence solitaire qu'il doit désormais mener. Il s'investit énormément dans l'association, dans l'aide aux familles, et, ayant réorienté toute sa vie, a ainsi mieux accepté la maladie de son épouse.

*

* *

De retour chez moi, je relis mes notes et tente d'y voir plus clair dans les différents stades de la maladie. Je consulte les différentes revues que m'a données Thierry Gallarda. Beaucoup sont éditées par les grands laboratoires pharmaceutiques qui assurent aussi la « formation » des médecins ! Étrange, oui, mais c'est comme ça. J'ai eu entre les mains des guides, des CD Roms des laboratoires Esai, Pfizer, Ipsen et Lundbeck, tout à fait remarquables. Il est vrai que jusqu'à ce jour, ces laboratoires sont les premiers sur le marché.

J'ai ainsi pu reconstituer, entre autres, une liste de conseils destinés aux malades qui entendent retarder le plus possible le stade de la dépendance. Je pense à ce film si juste *Se souvenir des belles choses*, de Zabou Breitman, consacré à la maladie d'Alzheimer.

Pour alerter le malade et anticiper avec lui les étapes de sa maladie, il faut distinguer trois temps dans la dégradation de son intellect.

Le stade initial

C'est celui sur lequel vous pouvez, en tant que malade, agir efficacement, car vous êtes encore en mesure de comprendre et de raisonner. C'est alors qu'il faut prévoir des « béquilles » pour votre mémoire (billets, notices épinglées sur un tableau, tableau noir, agenda ou cahier de notes). Il faut aussi prendre des habitudes routinières. Déposer les objets d'usage quotidien toujours à la même place (lunettes, clé de voiture, porte-monnaie).

Sur le plan intellectuel, c'est le moment de s'astreindre à des exercices, de sélectionner, et de se concentrer sur les facultés les mieux préservées. Chaque soir, avant de vous endormir, repassez-vous mentalement le film de votre journée, vous entraînerez ainsi votre mémoire.

Il faut accepter le fait que vous avez besoin d'aide et de contrôle dès le début de votre maladie, puisque vous ne pouvez plus vous fier à votre mémoire. Cela vaut aussi pour la prise de médicaments. Il faut avoir le courage de prévenir les proches : parlez-en ouvertement pour trouver une façon de recevoir cette aide sans que vous ayez l'impression d'être « sous tutelle ».

Si vous parvenez à réagir de manière détendue, si vous en arrivez même à rire avec les vôtres de ce qui s'est passé, c'est alors une grande victoire ! Ouvrez-vous à vos amis et connaissances de vos problèmes, puisque, pour être compris, vous devez faire savoir ce qu'il en est à votre entourage.

Vous pouvez et devez vous entretenir : nagez ou faites de la gymnastique. Continuez de fréquenter votre club sportif ou votre groupe de randonneurs. Demandez à un collègue de venir vous chercher si vous craignez de ne pas trouver le lieu de rendez-vous.

Conseils pour l'entourage

Vous avez affaire à un patient qui commence à se perdre, à oublier les noms, les rendez-vous, mais aussi capable de donner le change. Dans le magnifique livre[1] consacré au naufrage de celle qui fut le grand amour de sa vie, l'écrivain et peintre Rezvani décrit avec une lucidité douloureuse les différents moments de cette régression :

1. *L'Éclipse*, Actes Sud, Arles, 2003.

« J'ai honte de l'écrire ici, mais je découvre sous la femme merveilleuse de nos cinquante années de vie ensemble une autre femme, bizarrement satisfaite d'elle-même. Ce serait comme si des tranches de sa personnalité tombaient, et que peu à peu apparaissait une nouvelle femme quasi sans tête. Mais ce qu'il y a de merveilleux... et même de soufflant pour moi, c'est qu'avec les gens elle manœuvre très adroitement pour masquer ses "trous". Je la découvre très habile et presque comiquement maligne – elle si franche, si droite. Ça fait mal ! »

et, plus loin, il ajoute :

« Comment ne pas être exaspéré ? Comment garder ses nerfs de toute exaspération quand après une phase de calme, voilà que celle qui semblait avoir compris combien il est difficile d'être le prisonnier-servant d'une malade qui ne s'exprime plus, qui ne lit plus, que rien n'intéresse, qui s'ennuie... que brusquement cette malade vous dit qu'elle pourrait très bien se passer de vous, qu'elle est "comme tout le monde", et que si elle a quelques difficultés à se débrouiller seule il vaudrait mieux que je m'abstienne de les exagérer... »

On l'a vu, à ce stade le malade peut aussi manifester des signes de dépression. Ce qui domine sur le plan émotionnel, ce sont les sentiments d'insécurité et d'infériorité, ainsi que des angoisses. La souffrance psychique d'un patient qui sent plus ou moins consciemment que ses facultés intellectuelles s'en vont peut se révéler difficile à supporter pour un entourage qui, lui, se sent impuissant.

C'est en fortifiant son sentiment d'estime de soi que vous aidez le mieux le patient, en lui montrant que vous l'acceptez tel qu'il est et que vous le comprenez.

Encouragez-le à utiliser ses facultés encore disponibles. Confiez-lui de petites tâches. Encouragez-le par un compliment lorsqu'il accomplit quelque chose correctement. Cependant, prenez garde : vous ne devez attendre de lui ni trop ni trop peu. Trop et trop peu sont pour lui sources de frustration.

Certaines activités bien choisies peuvent contribuer à maintenir la dignité du patient et à donner un certain sens à sa vie. Cela présuppose naturellement que vous sachiez quelles facultés sont encore intactes chez lui.

En cas de dépression, parlez-en avec le médecin traitant. Il existe aujourd'hui contre la dépression de très bons médicaments qui peuvent apporter une aide en de telles circonstances.

Le stade moyen

Conseils pour l'entourage

Avec l'évolution de la maladie, les problèmes se déplacent vers l'entourage. Le patient dépend à présent de l'aide de tiers. Dès lors, c'est aux proches, essentiellement la famille, de supporter cette lourde charge.

Ils se donnent toute la peine du monde pour remplir leur rôle vis-à-vis du patient. Cela n'est cependant pas toujours suffisant, puisque, chaque jour, surviennent des éléments nouveaux, inconnus. Parfois attristés, se sentant abandonnés, puis de nouveau en colère, puis en proie au doute. Ils se torturent sans relâche en s'auto-accusant. Malgré ces crises, la plupart parviennent, grâce à leur engagement de tous les instants et en faisant montre d'une superbe créativité, à trouver des solutions pratiques. Pour y réussir au mieux, il leur faut cependant connaître et accepter leurs propres sentiments et émotions. Il est de leur devoir de prendre également soin d'eux-mêmes.

Le patient éprouve des difficultés à accomplir les gestes de la vie de tous les jours. Il oublie d'éteindre la plaque chauffante de la cuisinière électrique... Il laisse traîner une cigarette allumée... Il oublie de s'habiller ou de faire sa toilette. Ces omissions montrent qu'il n'est plus capable de vivre seul, de faire sa cuisine, son ménage, ses achats. C'est ainsi qu'il devient dépendant d'autrui.

Dans ce genre de cas, il n'existe malheureusement ni recette ni solution toutes prêtes. Chaque patient, dans chaque situation, exige qu'une solution individuelle lui soit trouvée.

Une des esquisses de solution les plus courantes consiste à combiner les aides apportées par la famille et celles prodiguées par les professionnels afin d'assurer les soins vingt-quatre heures sur vingt-quatre.

Une discussion dans le cadre de la famille est indispensable pour définir un concept de soins. La famille au sens large se compose de toutes les personnes qui font partie de l'entourage du patient : outre les proches à proprement parler, il peut s'agir d'amis, de médecins, de voisins, de professionnels de soins ou d'accompagnement.

Il existe aussi des centres d'accueil de jour où le patient peut passer une journée ou un après-midi. Ainsi l'en-tourage peut souffler un peu et le malade trouver d'autres activités, une nouvelle socialisation.

Organisez un accompagnement ou un déplacement en taxi si vous voulez être assuré que le patient parviendra à bon port.

Désorientation dans le temps

Le patient a perdu ses repères dans le temps. Il confond les saisons. Il a oublié sa date de naissance. Il confond même le jour et la nuit. Il réclame son petit déjeuner sur le coup de minuit. Il oublie qu'il est marié depuis de nombreuses années.

Le patient peut vivre à plusieurs époques en même temps. Il revit des problèmes et des expériences passés comme s'ils dataient d'aujourd'hui. Il se met par exemple pleurer brusquement parce qu'il se remémore le décès de sa mère, ou bien il veut soudain la voir alors qu'elle est décédée depuis plus de vingt ans.

Toujours dans son livre, *L'Éclipse*, Rezvani témoigne :

« Cet obsessionnel désir d'être ailleurs déclenchait en moi de sombres colères, jusqu'à ce que je comprenne que ce n'est ni vers Paris ni vers le Midi qu'elle souhaite fixement retourner mais vers son enfance, vers la protection maternelle, vers la douceur amoureuse d'une mère pour laquelle elle avait une profonde adoration. Ce retour vers sa mère, j'avais mis du temps à le comprendre... jusqu'à une certaine nuit où réveillée en pleurs, alors que je la consolais en la berçant contre moi, elle me demanda, me fixant droit au visage : "Tu es ma mère ?" – ce qui me bouleversa. Elle avait perdu mon nom... et même le sens de mon sexe ! Depuis, je comprends vers qui son esprit s'en va quand je la surprends les yeux perdus, étendue sur le dos, des larmes au bord des cils... et je m'empêche de la pleurer devant elle. Elle n'est plus là mais ailleurs, elle est très loin de notre temps, réfugiée dans l'innocence des années enfantines où tout était douceur et protection... »

Un comportement épuisant

Le malade pose sans arrêt les mêmes questions. Jusqu'à cinquante fois dans la matinée. Il poursuit comme son ombre la personne qui s'occupe de lui.

Donnez-lui quelque chose à faire qui puisse l'occuper assez longtemps. Apprenez la patience : vous savez qu'il oublie tout au fur et à mesure, y compris vos recommandations et vos réponses. Demandez aussi à des amis ou à des parents s'ils seraient d'accord pour le prendre une fois avec eux en excursion.

Il se peut que le patient craigne que vous ne l'abandonniez. Répétez-lui sans cesse que vous ne le laisserez pas tomber.

Agitation intérieure et tension nerveuse

Le malade marche sans cesse de long en large. Il ne peut rester assis un seul instant. Il se dirige sans relâche vers la porte de la maison. Il semble être constamment à la recherche de quelque chose.

Faites fréquemment des promenades avec lui. Si vous ne pouvez le faire vous-même, demandez à une personne de confiance si elle veut bien l'accompagner. N'oubliez pas qu'un chien peut aussi se révéler un « accompagnant » éprouvé.

À Saint-Hilaire, Maman a toujours été accompagnée par Pomme, le chien de la maison. C'est un gros chien un peu fou-fou capable de renverser un adulte valide. Mais avec Maman il a toujours été très calme, très doux. Il se levait du tapis pour dégager le passage quand il la voyait arriver. Il la suivait dans le jardin quand elle sortait. Et quand Papa ou Mathilde appelaient Maman, c'est Pomme qui répondait en jappant. C'est elle aussi qui a averti la maisonnée un jour où Maman, assise dans l'herbe, n'arrivait plus à se relever.

Conseils pour l'entourage

Ce stade est caractérisé par la dépendance totale et l'inactivité du patient. La mémoire ne fonctionne pratiquement plus. Le vocabulaire s'est réduit à cinq ou six mots.

Les signes de l'atteinte physique du malade par la maladie deviennent visibles. Regard égaré, mouvements répétitifs des mains, parfois amaigrissement spectaculaire. Et pourtant, n'oubliez pas que malgré cela, ses sentiments demeurent intacts. Il sent fort bien si son entourage s'intéresse à lui. Il peut réagir tout aussi fortement à des soins attentionnés qu'à un comportement colérique.

Le patient est comme un miroir : il nous renvoie l'image que nous y projetons. Il peut renvoyer l'écho d'une communication affectueuse comme il peut aussi rendre des coups.

Ce que vous devez encore savoir

Préserver autant que possible qualité de vie et joie de vivre : c'est de loin le plus important. Si vous fixez trop votre attention sur les déficits et les pertes, vous ne remarquerez même plus qu'il existe encore chez le malade des facultés conservées et quelques raisons de se réjouir des infinies possibilités de la vie.

Acceptez qu'il soit comme il est, qu'il ne puisse plus redevenir ce qu'il était autrefois. Pendant toute la durée de sa maladie, il reste un être humain, doué de sentiments. Le monde des sentiments et des émotions devient même pour lui de plus en plus important à mesure que ses facultés intellectuelles déclinent.

Moins le proche ou le parent souffre, moins il est stressé, et mieux cela vaut pour le patient. Il est par conséquent extrêmement important que vous preniez soin de vous-même. On n'insiste jamais assez sur ce point : la maladie est aussi exténuante pour l'entourage qui s'épuise à supporter le malade. Parfois les conjonts tombent malades ou sombrent à leur tour dans la dépression. Certains décèdent avant le malade parce qu'ils ont épuisé toutes leurs forces.

Si vous êtes souvent triste. Si vous vous sentez seul. Si vous ne pouvez plus parler à personne, il faut consulter. C'est le moment de parler avec d'autres personnes concernées par cette maladie. Vous n'êtes pas la seule à qui cela arrive. L'échange de vues vous sera d'une grande aide.

Pensez aussi à récupérer. Accordez-vous régulièrement des moments de détente. Vous devez renouveler vos forces : c'est la condition pour pouvoir continuer à vous occuper du patient.

N'ayez aucun scrupule à demander à vos voisins et parents s'ils accepteraient de vous aider pour les soins. Beaucoup de gens rendent volontiers service, d'autres moins. Ces derniers peuvent toujours refuser de vous aider : ne le prenez pas mal.

N'oubliez pas de rire. Si vous arrivez à continuer à rire avec le patient, si vous ne perdez pas votre sens de l'humour, si vous l'acceptez comme il est, vous pourrez contribuer à maintenir une atmosphère saine dans laquelle il se sentira bien. Et lorsqu'un patient se sent bien il y a moins de problèmes !

Vous vivez dans et par cet échange continu entre vous-même et le patient. Avec l'expérience, grâce à l'aide d'autrui, ou tout simplement avec le temps, vous arriverez à garder votre bonne humeur et à préserver ainsi un climat heureux entre vous et lui. Ainsi pourrez-vous longtemps rire ensemble.

Dans son très beau livre sur la maladie de son époux, *Regarde nos chemins se sont fermés*[1], Françoise Xenakis raconte comment elle a pu accepter ce qui s'est imposé comme une « miraculeuse maladie de l'indifférence », elle écrit :

« Je me demande si je n'ai pas plus souffert d'avoir, moi, à accepter ses déficiences que de le voir souffrir de ces problèmes-là. Je me fâchais. Pourquoi ? C'est un réflexe d'égoïste. [...] Tout comme on aime, dit-on, d'amour plus fort un enfant handicapé, il en a été de même quand j'ai accepté ce qui lui arrivait, ce qu'il subissait, supportait, tout a été plus facile, plus simple. J'avais perdu des jours à crier, à mordre les murs de rage, impuissante, j'aurais mieux fait de le prendre dans mes bras. »

Était-ce un Alzheimer ?

Le seul diagnostic fiable de la maladie est effectué *post mortem* par une analyse du cerveau. Évidemment, bien peu de familles l'acceptent, alors que c'est fondamental. Ce n'est que par l'acquisition de nouvelles connaissances, rendues possibles par l'analyse de cerveaux de patients décédés d'Alzheimer, qu'on pourra espérer comprendre, lentement mais sûrement, ce qui s'y passe exactement.

Cette question, je ne fais ici que l'effleurer, car sans doute ne suis-je pas à même de me la formuler concrètement. Non, je ne suis pas du tout sûre de pouvoir envisager cette chose-là...

1. Albin Michel, 2002.

Chapitre 7

Combien d'Alzheimer ?

J'ai participé à une conférence avec une toute jeune femme médecin répondant au doux nom de Heidi. Elle avait un léger accent germanique et semblait avoir l'âge de ma nièce. Elle exposait d'une voix douce les dégâts de la maladie d'Alzheimer devant un auditoire essentiellement féminin et plutôt âgé.

Avec force détails, elle expliqua que les malades meurent pour la plupart de sous-alimentation et de déshydratation ; sans pouvoir se nourrir, sans même pouvoir déglutir, ils finissent tous grabataires, dévorés par les escarres.

Après avoir esquissé ce tableau clinique, elle insista sur les « facteurs de risques » : être une femme, avoir dépassé les soixante-dix ans, vivre seul... Dans le public, quelques murmures de protestation s'élevèrent. Plus tard, une dame est venue me dire : « Voyez comme ils sont, ces jeunes médecins : ils vous donnent des explications, des leçons..., mais ils ne savent pas écouter ni comprendre. »

J'étais stupéfaite qu'un médecin qui croisait tous les jours des malades et leurs familles fût capable d'asséner des vérités aussi noires, sur ce ton de douce indifférence, sans tenir compte de la sensibilité de ceux qui l'écoutaient et qui étaient venus à cette réunion précisément parce qu'ils se sentaient concernés.

Mais ce qui m'a fait le plus rire, c'est quand cette jeune femme a conclu d'une voix posée : « Nous ne parlons pas de démence, car c'est un terme tabou, qui fait peur ; nous préférons parler d'Alzheimer... » Après ce qu'elle venait de décrire, cette pudeur sémantique était pour le moins cocasse !

Car Alzheimer est aujourd'hui une maladie qui fait peur. Toutes les formes de démence sénile sont rebaptisées Alzheimer, même quand il s'agit de tout autres formes (comme la démence à corps de Lewy ou la démence fronto-temporale, etc.). Il est vrai que les cas d'Alzheimer se révèlent de plus en plus nombreux, ainsi qu'en témoigne l'étude Paquid menée par l'équipe de Jean-François Dartigues, de l'Inserm, à Bordeaux, la seule à recenser des données épidémiologiques... Cette étude est menée depuis dix ans en Dordogne et en Gironde sur une population de quatre mille personnes âgées à leur inclusion dans l'étude de soixante-cinq ans et plus.

Les chercheurs interrogent les personnes âgées sur leur état de santé tous les cinq ans. Aujourd'hui, quinze ans après leur premier passage, ils se rendent compte qu'au vu du vieillissement de la population la maladie d'Alzheimer est plus importante que prévu. Par extrapolation, on pensait qu'il y avait entre 350 000 et 400 000 personnes atteintes de la maladie dans le pays. Les résultats de l'étude, qui seront publiés en 2004, évoquent un nombre situé autour de 769 000 patients et plus de 200 000 nouveaux cas par an, dont à peine 30 à 50 % sont diagnostiqués.

Ces nouvelles données montrent qu'en France 17,8 % des personnes âgées de plus de soixante-quinze ans sont aujourd'hui atteintes de la maladie d'Alzheimer ou de maladies apparentées.

Par ailleurs, du fait du vieillissement de la population, la prévalence et l'incidence de la maladie devraient augmenter mécaniquement de manière notable dans les vingt ans à venir, jusqu'à doubler. En effet, le risque de contracter la maladie d'Alzheimer augmente avec l'âge (une personne sur deux âgée de plus de quatre-vingt-dix ans est atteinte de démence).

Si cette évolution se poursuit, en 2010, chaque famille comptera une personne atteinte de la maladie. Chaque médecin généraliste français devrait donc voir émerger trois nouveaux malades tous les ans et en suivre une douzaine, tant à domicile qu'en maison de retraite ! C'est dire à quel point la médecine de famille joue un rôle déterminant, et pas seulement pour assurer des gardes comme lors de la canicule de l'été 2003.

*

* *

J'écoutais hier, sur une radio périphérique, une de ces émissions au cours desquelles les auditeurs appellent pour interroger des « spécialistes » : vous savez, ceux qui font le tour des plateaux de télévision ou des studios de radio au point qu'on finit par se demander quand ils trouvent le temps de croiser des malades ; mais c'est là une autre histoire... Donc, le « spécialiste » en question prodiguait des conseils pour stimuler le cerveau, notamment grâce à une alimentation équilibrée (ce qui tombe sous le sens, évidemment : si on mange sain, boit peu, dort bien, il n'y a pas que le cerveau qui se sente mieux ! J'en ai fait l'expérience... *a contrario*, en quelque sorte !). Parmi les auditrices, une dame téléphonait pour se plaindre de petits troubles de la mémoire. Oh, presque rien, disait-elle.

— Mais, voyez-vous, docteur, j'oublie au fur et à mesure... Par exemple, je suis incapable de vous dire ce que j'ai regardé hier à la télé...

— Oui, oui, acquiesçait le « spécialiste » d'un ton rassurant.

Elle enchaînait, fière et ravie :

— En revanche, je me souviens parfaitement de choses plus anciennes, comme le mariage de ma sœur, et je ne me trompe jamais dans mes multiplications.

— Eh bien, tout ça n'est pas très grave, chère madame... Je vois que vous avez une très bonne mémoire. Vous oubliez les petites choses de la vie qui sont dénuées d'importance...

Je bouillais à écouter ce dialogue. Il avait peut-être raison, cet homme : la dame n'oubliait que les « détails »... Sauf que, justement, dans Alzheimer, le diable se niche aussi dans les détails ! Oublier ce qu'on a fait la veille peut aussi être un signe ; égarer ses clés n'est pas forcément grave, mais ne pas retrouver le chemin de sa maison, voilà qui est alarmant ! Assurément, ce ne sont pas des choses qu'on dit à la radio ni des questions qu'on y pose, et ledit « spécialiste » passa à la question suivante sans approfondir davantage le dialogue.

Et je me répétais : « Mais pourquoi ne lui dit-il pas, au moins, qu'elle peut toujours, dans le doute, consulter ? »

Il est vrai que je ne suis pas spécialiste !

CHAPITRE 8

Alzheimer : une maladie héréditaire ?

On sait depuis longtemps qu'il existe des formes familiales de maladie d'Alzheimer dans lesquelles l'hérédité joue un rôle déterminant. Ces formes surviennent en général de manière précoce (avant soixante-cinq ans). Elles sont cependant relativement rares et représentent de 5 à 10 % des cas. À l'origine de leur transmission, on connaît à ce jour trois mutations des gènes qui se trouvent sur les paires de chromosomes 1, 14 ou 21.

Et puis il existe des prédispositions génétiques. Des chercheurs ont ainsi établi qu'une variante dite ApoE4 située dans le système nerveux central était plus élevée chez les malades d'Alzheimer. Ainsi donc, le fait d'être porteur de l'ApoE4 (qui est en soi aussi banal que d'être brun plutôt que blond) est un facteur de risque. Il est donc évident que la maladie présente un caractère génétique et héréditaire.

J'interroge le professeur Jacques Touchon sur cet aspect[1].

Peut-on dire qu'il y a deux facteurs d'hérédité : l'anomalie génétique – dans ce cas, on est sûr à 100 % de

1. Du CHU de Montpellier.

l'avoir –, et les antécédents familiaux qui font qu'on appartient à un groupe à risque ?

— Oui, dans environ 5 à 10 % des cas, la maladie d'Alzheimer correspond à une anomalie génétique qui se transmet de génération en génération ; on parle alors de « forme familiale » de la maladie. Dans 95 % des cas, la maladie est sporadique. Mais on relève aussi quelques cas où l'on parle de « terrain familial favorisant ». Exactement comme pour le diabète, le cancer du sein ou l'hypertension... La première forme héréditaire correspond à une mutation génétique sur les chromosomes 1,14 et 21 ; la seconde forme correspond à la présence de l'apolipoprotéine E 4. Mais il existe sans doute d'autres facteurs que l'on ne connaît pas...

Mon grand-père, avant de mourir, se perdait tout le temps, ça nous faisait rire. Il ne savait plus très bien où il était ni où il allait. Avec le recul, peut-on dire, comme pour ma mère, qu'il était atteint de la maladie d'Alzheimer ?

— C'est probablement le cas... Il peut y avoir un terrain favorable, comme pour l'hypertension...

Est-ce que je peux aujourd'hui aller me faire dépister ? Et est-ce qu'un médecin me dira : « En effet, vous appartenez à un groupe à risque? »

— N'allez pas trop vite ! Le fait d'avoir une forme 4 de l'apolipoprotéine E est simplement un facteur de risque. C'est comme pour le cholestérol : si vous avez un taux de cholestérol élevé, ça ne veut pas dire que vous allez automatiquement avoir un infarctus du myocarde ou un accident vasculaire cérébral, mais vous avez davantage de risques, et le fait d'avoir ce taux de cholestérol élevé induira peut-être chez vous une modification comportementale au niveau de l'hygiène de vie...

Donc, vous dites (avec toute la prudence requise) qu'on pourra un jour prévenir les gens...

— Le jour où l'on disposera de médicaments qui bloquent le processus, alors il ne faudra pas hésiter... C'est pour cela que nous travaillons depuis des années à une méthodologie de diagnostic précoce. Pour l'instant, c'est utile, ce n'est pas indispensable ; mais ça le deviendra si les vaccinations fonctionnent.

Je peux aussi avoir envie d'être diagnostiquée, ne serait-ce que pour prendre des dispositions personnelles ?

— On peut en effet analyser le risque. On est en train de valider, au sein de notre équipe, un score de facteurs de risque calculé sur 20. Au-delà de 13, le risque est à prendre en considération. Même s'il n'est pas publié dans l'immédiat, j'estime que ce pas est très important, car il y a en effet des stratégies de protection à mettre en place concernant le mode de vie, l'alimentation, les vitamines à prendre : la vitamine E, les acides gras oméga 2, oméga 3... Mais, pour l'heure, on ne procède pas à des tests systématiques, car, sur le plan thérapeutique, ça ne change rien tant qu'on ne dispose pas de médicaments. La seule question qui fait la différence, c'est le choix d'avoir ou non des enfants. Aux États-Unis, une patiente de trente-cinq ans qui était porteuse de l'anomalie génétique a demandé à bénéficier d'un diagnostic préimplantatoire avant une Fiv[1], pour être sûre de ne pas transmettre le gène...

Un dépistage « interdit » !

Je demande à Françoise Forette de revenir plus en détail avec moi sur ces questions d'hérédité et sur les possibilités de dépistage...

---

1. Fécondation in vitro.

À quel moment sait-on qu'on appartient à une famille à risque ?

— Quand il y a eu sept ou huit cas dans une famille.

Mais comment sait-on qu'il y a eu sept ou huit personnes atteintes ? Ma mère a la maladie d'Alzheimer. Quant à mon grand-père, on disait à l'époque qu'il était gâteux alors que c'était vraisemblablement un Alzheimer...

— En général, on repère ces familles. J'ai eu récemment un patient de quarante-trois ans, qui est mort maintenant : sa mère était atteinte, sa tante était atteinte, la sœur de ce patient est atteinte... Là, vous commencez à vous poser des questions.

Si ces malades ont eu des enfants, ces derniers ont intérêt à se faire dépister...

— Est-ce qu'ils ont intérêt à se faire dépister ? Oui et non, dans la mesure où le « consensus international » est de ne pas « génotyper » les personnes appartenant à une famille à risque et qui ne présentent pas de troubles de la mémoire.

Génotyper ?

— C'est établir la carte génétique du patient.

Et pourquoi ne le permet-on pas au patient ?

— Parce qu'on considère que, tant qu'il n'y a pas de prévention vraiment efficace, ça ne sert à rien... On ne le leur dit pas...

Donc, il n'y a pas de recherche systématique ?

— Non. Toutefois, si on a un doute, on les oriente vers des services qui s'occupent de génétique de la maladie d'Alzheimer...

Mais est-ce qu'on peut être porteur du gène mutant et ne pas être atteint de la maladie ?

— Oui, si vous mourez à cinquante ans d'un infarctus, ou d'un accident de voiture. Vous avez des chances – ou des risques – de mourir avant de développer la maladie... Autrement, si vous êtes atteint d'une mutation génétique qui, je le rappelle, ne concerne que moins de 5 % des cas d'Alzheimer, vous êtes sûr de développer un jour la maladie... Vous *aurez* la maladie d'Alzheimer à moins de mourir d'un accident de scooter à vingt-cinq ans ou d'un infarctus à quarante !

Si, demain, je veux bénéficier d'une recherche parce que je crains d'appartenir à une famille à risque, est-ce techniquement possible ?

— Oui, c'est techniquement possible, on peut vous génotyper, mais, je vous le répète, le consensus international consiste à ne rien révéler...

Donc, on pourra me génotyper mais on ne me dira pas le résultat...

— Aujourd'hui, non. Cela changera peut-être un jour...

Si demain on trouve un traitement, est-ce qu'on pourra alors dire ce qu'il en est aux gens qui viennent consulter ?

— On peut aussi imaginer que les gens finissent par se révolter, qu'il y ait une nouvelle conférence, un nouveau « consensus », et qu'on décide de dire ce qu'il en est à ceux qui ont envie de savoir... C'est ce qui se passe déjà pour la chorée de Huntington...

Ce qu'on appelait autrefois la « danse de Saint-Guy » ?

— Ce n'est pas exactement la même chose, mais on assiste effectivement à des mouvements désordonnés, à une détérioration intellectuelle, et les malades succombent autour de cinquante ans... C'est « autosomique familial » : globalement, la moitié des enfants d'un malade en sont à leur tour atteints, si bien qu'on peut se demander s'il ne faut pas que ces enfants soient informés de bonne heure afin qu'ils prennent en toute conscience la décision d'avoir ou non des enfants...

J'ai le cas d'une patiente qui est morte et qui avait quatre beaux enfants, lesquels avaient entre vingt et vingt-cinq ans à l'époque ; ils ont tous fait des choix différents. Deux des enfants ont décidé d'avoir eux-mêmes des enfants ; l'un a décidé de ne pas en avoir, le dernier a eu recours à une insémination avec don de sperme...

Ils étaient tous quatre porteurs de la maladie ?

— On ne sait pas : ils ne se sont pas faits génotyper. Cela dit, il existe certainement des mutations non identifiées, car lorsque vous étudiez des cas familiaux, il y en a qui correspondent à des mutations ne portant ni sur le chromosome 21, ni sur le 14, ni sur le 1. Ce qui tend à prouver qu'il doit en exister d'autres qui ne sont pas encore identifiés. Je parle ici des Alzheimer familiaux, qui représentent moins de 5 % des cas.

Et pour les autres ?

— Pour les autres, c'est Alan Brothers (un chercheur américain) qui a découvert un excès de ce qu'on appelle l'ApoE4 chez les malades atteints de la maladie d'Alzheimer sporadique, c'est-à-dire pour les cas qui surviennent dans les familles de votre type...

Qu'est-ce que c'est, l'ApoE4 ?

— C'est l'apolipoprotéine E, une protéine porteuse du cholestérol. Il s'agit donc d'une protéine normalement présente dans l'organisme. Elle est importante puisqu'elle apporte justement le cholestérol au niveau du cerveau et que ce dernier a besoin de graisse pour vivre, ce qu'on ne sait pas toujours... Or cette apolipoprotéine E est codée par trois allèles différents. De même qu'il existe des allèles qui déterminent les yeux bleus, les yeux verts, les yeux marron, là, il y a trois allèles différents dans une population : l'allèle n° 2, n° 3 et n° 4.

Qu'est-ce que l'allèle ?

— Disons pour simplifier que c'est une particularité du gène. Il y en a ici trois formes. Or, dans une population donnée, vous avez une « représentation » – c'est-à-dire un pourcentage relativement fixe – de ces ApoE), et la grande majorité des gens (plus de 70 %) ont de l'ApoE 3 ; peu de gens ont de l'ApoE2, et très peu de l'ApoE4... Et Alan Brothers s'est rendu compte que plus de 50 % des patients atteints de la maladie d'Alzheimer sont porteurs de cet ApoE4... Il en a donc fait un gène non pas de détermination, mais de prédisposition.

Car, quand vous êtes porteur de l'ApoE4 (en particulier si vous êtes homozygote – on écrit : ApoE4 / ApoE4 –, c'est-à-dire si les gènes concernés sont présents en deux exemplaires, un sur chacun des deux chromosomes portant l'ADN correspondant), vous avez plus de risques que votre voisin d'être atteint de la maladie d'Alzheimer... Mais, je le répète, il s'agit plus d'un risque que d'autre chose.

Et ça se détecte aussi par des tests ?

— Ça peut se détecter par des tests génétiques, mais, là encore, on ne peut parler que d'une prédisposition... Tous les porteurs de ce gène ne vont pas développer la maladie, et tous les malades d'Alzheimer ne sont pas ApoE4 ! C'est exactement comme lorsqu'on vous dit : « Si vous avez une hypertension importante et prolongée, vous courez plus de risques que votre voisin d'avoir un accident vasculaire cérébral. »

*
*   *

Ainsi se clôt notre conversation sur le dépistage. De toute façon, puisqu'il y a « consensus international » pour ne pas révéler aux malades potentiels le risque qu'ils encourent, ça ne sert pas à grand-chose ! Reste que c'est la question que nous nous posons tous, à laquelle il n'est pas de réponse : d'où vient l'Alzheimer ? comment ça s'attrape ? est-ce héréditaire ?

Si les malades n'arrivent pas à obtenir de réponses (les chercheurs n'ont pas toujours les moyens de leur en fournir), l'hypothèse d'une demande systématique de recherche génétype est pourtant envisagée dans les revues savantes. En voici un extrait : « *Certains vont se demander s'ils devaient faire analyser leurs gènes pour savoir s'ils sont porteurs de la variante E 4. Les experts sont unanimes à déconseiller un tel dépistage à des personnes en bonne santé, le pouvoir prédictif étant trop incertain. Il en va tout autrement chez des patients atteints de la maladie d'Alzheimer : chez eux, une analyse du génotype de l'ApoE4 peut confirmer le diagnostic.* »

Au fond, c'est une fois la maladie déclarée que l'on pourrait effectuer des recherches génétiques !

Aujourd'hui, *on ne peut pas* savoir si, oui ou non, on mourra avec le cerveau en bouillie.

CHAPITRE 9

Comment j'ai attrapé un Alzheimer

Me voici de nouveau devant mon ordinateur avec mon stock d'informations et d'entretiens sur la maladie Il me faut maintenant faire le tri dans ce que j'ai appris ici et là. Il me semble que le plus important est d'abord de mettre à plat les facteurs de risques mais aussi les éléments de prévention. Sinon, je vais me retrouver comme la dame que j'ai entendu l'autre matin à la radio : incapable de gérer mes informations immédiates.

Parfois je me dis que ce serait un comble, une sorte de super pied-de-nez à cette aventure impossible : qu'Alzheimer me rattrape avant la fin du livre...

J'imagine très bien une caricature ou une allégorie, « l'écrivain terrassé par la maladie tentant désespérément de trouver une fonction à ce drôle d'engin qui inscrit des signes »...

Heureusement, j'ai un programme de correction automatique. Hélas, il ne joue que pour l'orthographe, pas pour les idées...

Reprenons par ordre :

Les facteurs de risque

• *L'âge* et *le sexe*. Pour l'âge, c'est une évidence et, avec le vieillissement de la population, la chance de vivre plus vieux devient un risque… Côté sexe, il apparaît que les femmes (et pas seulement parce qu'elles vivent plus âgées en moyenne) sont plus atteintes que les hommes.

• *Les facteurs familiaux*, héréditaires (voir le chapitre précédent).

• *Les facteurs vasculaires* : les maladies vasculaires (comme l'hypertension) rendent la maladie d'Alzheimer plus fréquente. En traitant les sujets de plus de soixante ans, on *diminue par deux* les cas de démence en général, y compris ceux d'Alzheimer. C'est dire à quel point ces facteurs sont importants.

• *Les facteurs environnementaux* : un certain nombre d'entre eux augmentent le risque ; on a pensé que l'aluminium a pu jouer un rôle en certains endroits où la concentration en aluminium dans l'eau de boisson était particulièrement importante… Mais aucune preuve fiable n'a été apportée.

• *Le niveau d'éducation* : il ne faut pas croire qu'un très haut niveau d'éducation empêche la protéine de se déposer au niveau du cerveau. Mais avec un très grand « entraînement » du cerveau, une belle réserve cognitive, les symptômes apparaissent beaucoup plus tard… *A contrario*, on peut constater que certaines personnes manifestent plus de troubles parce qu'ils n'ont pas l'habitude de les masquer. D'où l'intérêt majeur d'élever le niveau d'éducation des populations ; or certains médecins se déclarent inquiets : on sait que de 10 à 15 % d'une même classe d'âge ne savent pas lire et écrire correctement à l'entrée en sixième, c'est un gros risque que l'on fait courir à ces jeunes pour l'avenir…

• *Un déficit cognitif léger* (ce qu'on appelle le MCI : *Mild Cognitive Impairment*). On sait que les personnes qui se plaignent de défaillances de leur mémoire, si on les examine, ne présentent pas forcément les symptômes de la maladie d'Alzheimer, mais elles ont des performances inférieures à la population générale de même âge et sont plus « à risque » que les autres…

• *La dépression*, notamment la dépression du grand âge (voire des plus de soixante ans), chez quelqu'un qui n'a jamais été déprimé auparavant, est un facteur de risque...

La prévention

On a d'abord des pistes concernant *certaines substances* dont on pense qu'elles pourraient avoir un effet favorable.

• *Les œstrogènes* : pourquoi les œstrogènes ? Parce que les études épidémiologiques ont naguère démontré que 30 % des femmes traitées après la ménopause par des œstrogènes ne développaient pas la maladie, ce qui est quand même beaucoup... Mais les deux dernières études qui ont été faites ne sont pas concluantes. Une nouvelle étude appelée WHI[1] sur l'effet des œstrogènes est en cours. Elle sera achevée en 2005.

Des études ont aussi été menées sur le rôle de la DHEA[2] ; elle a un effet favorable chez l'animal, mais les études de ses effets sur l'être humain n'ont rien donné à ce stade.

• *Les anti-inflammatoires* : c'est un peu la même chose que pour les œstrogènes. Les vieux rhumatisants américains qui se bourrent d'anti-inflammatoires depuis vingt ans parce qu'ils sont vendus sans ordonnance développent moins la maladie que les autres. Là encore, il est possible que d'autres facteurs de sélection jouent. Pour le savoir, il faut attendre les études « en double aveugle » avec placebo...

---

1. *Women's Health Initiative*.
2. Dehydroépiandrostérone (communément appelée « hormone de jeunesse ».

• *Les antioxydants* (la vitamine E, par exemple) : une étude américaine a démontré que leur consommation retardait l'évolution de la maladie d'Alzheimer ; si elle retarde son évolution, on peut aussi penser qu'elle retarde son apparition. Là encore, on ne dispose pas des études nécessaires pour nous le prouver. Ce ne sont donc que des pistes.

L'extrait de ginkgo biloba comporte aussi des principes actifs antioxydants dont les effets sont bénéfiques sur les patients atteints.

• La seule piste sérieuse est celle des *antihypertenseurs* dans la mesure où l'hypertension artérielle est un facteur de risque. Cela a été prouvé : les antihypertenseurs (notamment les inhibiteurs calciques, qui sont l'une des classes des hypertenseurs...) ont un effet préventif sur la maladie d'Alzheimer. On le voit fort bien grâce aux résultats de l'étude SYST-EUR (comme « système européen »). Quand vous comparez les personnes qui étaient soumises au traitement à celles qui étaient sous placebo, vous constatez une réduction de 50 % de cas entre les deux catégories, ce qui est énorme... D'où l'intérêt du traitement de l'hypertension artérielle qui diminue les accidents vasculaires cérébraux de 30 %, donc les maladies de cœur et – on le sait mieux à présent – aussi les cas de démence. Autrement dit, il faut traiter l'hypertension artérielle à tous les âges.

• *Le mode de vie* joue également un rôle préventif déterminant. La première série de règles se résume par la formule du professeur Jacques Touchon : « prendre le risque de la nouveauté et ne pas se laisser envahir par la routine » :

– avoir une activité intellectuelle variée : mots croisés, spectacles, sorties cinéma, musées, etc. ;

– avoir une vie sociale la plus riche possible ;

– avoir une activité professionnelle ou de loisirs ;

– préparer son départ à la retraite ;
– avoir des activités sportives.

La deuxième série porte sur l'alimentation :
– le régime dit « crétois » est le mieux adapté : pas de beurre, mais de l'huile d'olive, des fruits et légumes, du poisson ;
– consommer des antioxydants ;
– vitamine E ;
– deux ou trois verres de vin par jour.

*
*   *

On constate à ce stade que la maladie d'Alzheimer, si elle comporte encore énormément de zones d'ombre, d'inconnues, conduit paradoxalement à une nouvelle prise en considération de l'activité cérébrale. Comme si toutes ces recherches et leurs résultats remettaient en cause la scission intervenue entre neurologie et psychiatrie. Autrefois, il existait des neuropsychiatres, puis les tenants de chaque spécialité sont partis de leur côté... À travers la maladie d'Alzheimer et les travaux auxquels elle donne lieu, l'idée s'est imposée qu'il fallait à nouveau travailler ensemble, car le cerveau est en définitive bien plus compliqué qu'on ne croyait.

J'interroge à ce sujet Françoise Forette.

— C'est vrai... Un certain nombre de neurologues appartiennent d'ailleurs à l'ancienne école (je pense notamment à Jacques Touchon, qui travaille à Montpellier et qui est tout à fait remarquable : il est neuropsychiatre de formation et ça lui a beaucoup apporté). S'il est clair que l'avenir n'est pas à la reconstitution de la neuropsychiatrie d'autrefois, il l'est à la collaboration entre neurologues, psychiatres et gériatres, dans la mesure où chacun connaît un petit bout du problème...

Comment définiriez-vous ce que doivent savoir un neurologue, un psychiatre, un gérontologue ?

— Si l'on parle de la maladie d'Alzheimer, les trois doivent à l'évidence tout savoir de la maladie. Mais si vous prenez par exemple les gériatres, ils ont davantage l'expérience de la prise en charge du malade, notamment de la prise en charge au long cours, que les neurologues qui, jusqu'à présent, étaient ceux qui portaient un diagnostic. Ce sont en général de grands cliniciens, capables de détecter la plus petite anomalie, au niveau du cerveau, qui provoque tel ou tel symptôme. Ce sont des « topographistes »... Mais, hier encore, une fois qu'ils avaient émis leur diagnostic, ils en étaient réduits à dire : « Faute de traitement, je ne puis rien pour vous ; je vous fais une lettre pour votre médecin généraliste », et le généraliste se retrouvait complètement démuni avec, sur les bras, un patient atteint d'une aphasie, d'une sclérose en plaques, d'une maladie d'Alzheimer ou d'un Parkinson.

Les neurologues ont changé, surtout depuis que la médication du Parkinson (la dopamine) est arrivée... À partir de là, ils ont commencé à devenir des thérapeutes...

En ce qui concerne les accidents vasculaires cérébraux (avant, on ne faisait rien : il n'y avait aucun traitement), on considère maintenant que, si on les prend très tôt dans des unités spécialisées, on peut améliorer leur pronostic. De ce fait, les neurologues sont devenus les patrons de ce que l'on appelle les *strob centers*, les « unités d'accidents vasculaires cérébraux aigus ». Enfin, ils se sont mis tardivement à la maladie d'Alzheimer, dès qu'on a commencé à avoir certains traitements...

Et quel est l'apport des psychiatres ?

— Il est relativement peu important en France, car la grande école française de psychiatrie ne voulait voir que la schizophrénie, la dépression, etc. Quand on a entamé les essais sur la Tacrine[1], certains grands psychiatres nous ont dit : « Mais, moi, je n'ai pas d'Alzheimer dans mon service ! » Il y a néanmoins beaucoup de psychiatres qui font avancer les choses, comme Philippe Robert, à Nice, dont la spécialité consiste justement à s'occuper des troubles du comportement...

Toutes les personnes qui s'occupent de la maladie d'Alzheimer doivent s'intéresser à ces troubles et à leur traitement. Mais, au niveau de la recherche, ce sont eux, les psychiatres, qui s'y sont intéressés au premier chef, bien qu'ils soient très peu nombreux en France...

Les troubles du comportement, on a tendance à les traiter à l'aide des neuroleptiques. Mais ceux de première génération (l'Aldol®, par exemple) aggravent plutôt les troubles. Pour traiter la schizophrénie ont été développés des neuroleptiques de deuxième et troisième générations. Ce sont les psychiatres qui ont commencé à travailler sur les neuroleptiques de deuxième génération, ou neuroleptiques atypiques, et qui savent maintenant les prescrire, par exemple pour calmer l'agressivité de certains malades d'Alzheimer.

Mais tous les malades ne sont pas agressifs...

— Non, ce n'est pas le cas de toutes les maladies d'Alzheimer ; il y a des malades qui restent extrêmement calmes jusqu'à la fin de leurs jours. Philippe Robert, par exemple, a travaillé sur les apathies : il y a des Alzheimer qui restent assis toute la journée et qui ne

---

1. Cognex® : un des premiers inhibiteurs de l'acetylcholinestérase, moins utilisé, en raison de ses effets secondaires importants sur le foie.

font rien, alors que leur état est encore très peu détérioré...

D'autres déambulent. C'était le cas de l'époux d'une personne qui vit à la campagne dans une immense propriété : il faisait en permanence le tour du parc, couvrant ainsi des kilomètres et des kilomètres... Un jour, elle me téléphone et me dit : « Il ne peut plus marcher. » Or rien ne pouvait l'expliquer : pas de signe neurologique, pas la moindre fracture...

Existe-t-il des troubles de la libido ?

— Cela arrive : il y a des désinhibitions, mais ces symptômes se voient davantage dans les maladies frontotemporales.

Chapitre 10

Comment soigner

Pendant longtemps on a considéré la maladie d'Alzheimer comme incurable. Elle était essentiellement abordée comme une sorte de trouble du vieillissement. Autant dire qu'il n'y avait pas urgence à trouver des traitements efficaces pour une catégorie de la population qui, de toute façon, était destinée à mourir à plus ou moins long terme !

Pourtant, depuis la découverte, en 1906, des lésions caractéristiques de la maladie par un neuro-pathologiste allemand, Aloïs Alzheimer, sur une patiente de cinquante et un ans, de nombreux chercheurs sont parvenus à identifier les causes du mal ; il s'agit de l'accumulation d'une protéine dite « protéine amyloïde » dont les dépôts entraînent progressivement les deux lésions de la maladie d'Alzheimer, d'une part la plaque sénile (qui est en dehors des cellules) et, d'autre part, ce qu'on appelle la dégénérescence neuro-fibrilaire qui aboutit à la mort neuronale.

La plaque sénile, c'est un gros amas de protéines amyloïdes entouré à la fois de neurones qui ont une réaction inflammatoire et de neurones déjà morts... En suivant l'évolution des lésions dans le cerveau, on sait quelles capacités sont atteintes. Les premières lésions apparaissent dans le cortex et l'hippocampe (impliqué dans le traitement de la mémoire).

Le traitement de la maladie d'Alzheimer est aujourd'hui entré dans une nouvelle phase car il existe une combinaison de traitements qui offrent des perspectives très encourageantes.

Bien sûr, pour l'heure, aucun médicament ne permet de « guérir » (seul le vaccin, dont l'expérimentation sur l'homme a été suspendu en raison de ses effets secondaires, a pu donner des résultats spectaculaires, cf. *supra*) mais il existe plusieurs molécules qui peuvent ralentir la dégénérescence du cerveau ou bloquer les symptômes.

Ces médicaments associés entre eux sous forme de bi- ou trithérapie permettent aux malades de récupérer de façon spectaculaire une vie sociale.

Il existe aussi des thérapies comportementales qui peuvent améliorer durablement l'état du malade et sa capacité à maintenir une communication avec autrui.

N'étant ni scientifique ni médecin, je demande à l'avance l'indulgence des spécialistes pour cette présentation qui n'est que le fruit de mes investigations personnelles.

1. *Les médicaments*

Les inhibiteurs de l'acétylcholinesterase

Les principaux médicaments actuellement disponibles sont tous des « cholinergiques ». On sait que la maladie d'Alzheimer est liée en partie à des anomalies de la neurotransmission, principalement de l'acétylcholine (qui est un neurotransmetteur du cerveau). On dispose actuellement de quatre traitements cholinergiques : le premier a été la Tacrine (Cognex®), qui a été mise sur le marché en 1994 (mais certains traitements ont démarré dès 1988, notamment à l'hôpital Broca, à Paris), puis le Donepezil (ou Aricept®), la Rivastigmine (ou Exelon®) et la galantamine (ou Réminyl®), tous trois relativement récents. Ce sont des médicaments de même classe : tous accroissent le rôle de l'acétylcholine au niveau du cerveau. Grâce à ces premiers traitements, les équipes médicales ont pu constater une amélioration parfois importante des fonctions cognitives ainsi que des activités de la vie quotidienne, bref, une amélioration du jugement global que l'on peut porter sur le patient...

Les effets de ces premiers traitements furent tels que, dans certains cas, les médecins en vinrent à douter de leur diagnostic. Comme l'indique le professeur Florence Pasquier, du CHU de Lille : « Quand on a démarré avec la Tacrine, en 1995, il y avait chez les malades qui supportaient le traitement des résultats si spectaculaires qu'on se demandait parfois si on ne s'était pas trompé dans le diagnostic ! Aujourd'hui, l'association de plusieurs médicaments donne aussi des résultats tout à fait intéressants. De toute façon, on se rend compte que plus on traite tôt les patients, plus on retarde l'apparition des troubles mnésiques ; on arrive même à les stabiliser. »

Malheureusement, il y a eu des effets secondaires, notamment avec la Tacrine : certains patients soignés avec cette substance ont eu des nausées, des maux de ventre, ont contracté des hépatites, ce qui a empêché d'augmenter les doses, voire de poursuivre le traitement. Enfin, chez les autres, la période d'effet reste quand même limitée dans le temps, même s'il n'en demeure pas moins un bénéfice réel et persistant, par comparaison avec les patients qui ne sont pas traités.

Autre classe de médicaments : l'hypothèse glutamate

À l'heure actuelle (élément très important pour le traitement), on assiste au développement d'un agent non cholinergique. Il s'adresse à un autre système de neurotransmission : le glutamate. C'est l'un des principaux neurotransmetteurs cérébraux, et 40 % des synapses cérébrales sont glutamatergiques. Le nouveau médicament des laboratoires Lundbeck (Ebixa®) permet de restaurer la transmission neuronale par voie glutamatergique. Il agit aussi sur la dégénérescence neuronale avec des effets neuroprotecteurs. Il est indiqué dans les formes « modérément sévères » à « sévères », c'est-à-dire dans les cas que l'on ne pouvait traiter jusque-là. Cependant, il faut savoir que ce médicament est aussi efficace dans les cas débutants d'Alzheimer, en raison notamment de son effet neuroprotecteur. Certains CHU l'ont expérimenté. C'est l'autorisation de mise sur le marché (AMM) qui a conduit le laboratoire à spécifier qu'il s'appliquait pour des formes sévères. Ebixa constitue un tournant dans le traitement de la maladie car il va enfin permettre une bithérapie.

Il offre en effet un réel espoir en ce qu'il pourra être associé aux médicaments précédents. Comme le souligne Françoise Forette : « On sait aujourd'hui (par exemple dans les cas du sida ou de l'hypertension artérielle) qu'il faut une multithérapie. Ça améliore beaucoup le traitement des formes sévères... Si l'on ajoute aux précédents ce nouveau médicament, on peut espérer obtenir une combinaison plus satisfaisante... » C'est ce que confirme l'étude menée aux États-Unis par les laboratoires Forest, qui a même constaté une conséquence tout à fait inattendue de cette bithérapie. La tolérance est meilleure que dans la monothérapie, autrement dit Ebixa associé à Aricept traite mieux et supprime les effets secondaires.

Les médicaments de demain : le vaccin

Les chercheurs ont tenté il y a quelques années de mettre au point un vaccin. L'expérience a d'abord été tentée en 1999 sur des souris. Il faut savoir que la maladie d'Alzheimer n'a pas de modèle animal, ce qui freinait les recherches jusqu'au jour où certains chercheurs décidèrent de fabriquer des souris produisant de la protéine amyloïde : ce sont des souris transgéniques. On leur a alors transmis le gène humain de l'APP, de la protéine amyloïde. Au bout de six semaines, elles présentèrent des lésions tout à fait comparables à celles que l'on trouve dans un cerveau humain, mais sans présenter pour autant de troubles de dégénérescence neurofibrilaire... Du coup, les chercheurs ont tenté de provoquer sur ces souris une réaction immunitaire massive en se disant que peut-être, avec des anticorps, des cellules immunitaires, elles chasseraient cette protéine. Le raisonnement paraissait simpliste, on n'y croyait guère, et pourtant, chez la souris, ça a marché ! La souris transgénique, vaccinée par la protéine amyloïde, a totalement récupéré : c'était impressionnant !

Alors on a fait des tentatives sur l'homme. Une étude a été menée sur le plan international, dont Françoise Forette a été la coordinatrice pour la France. Et on a injecté des patients, tous volontaires. Il y a eu à peu près trois cent cinquante patients traités de par le monde. Malheureusement, on a dénombré dix-sept encéphalites. Il a donc fallu arrêter l'expérimentation, au grand dam des malades.

Françoise Forette explique : « Pour ma part, j'ai un patient qui est un grand patron de l'industrie pharmaceutique et qui connaît donc bien tout cela ; il m'a supplié de continuer l'expérimentation avec lui. Il me disait : "Je préfère mourir d'une encéphalite plutôt que d'avoir un Alzheimer !" Mais, si l'on a dû arrêter le traitement à cause de ces dix-sept cas d'encéphalite, l'expérience n'a pas été un échec total. Parce qu'elle a montré que la réaction que l'on cherchait à obtenir était la bonne. Elle a seulement dépassé ce qu'elle aurait dû être. Fait très intéressant : en Angleterre, une patiente vaccinée est décédée d'une autre cause et a pu être autopsiée ; son cerveau a été examiné : il ne recelait aucune lésion d'Alzheimer ! »

Ces résultats trop forts, un peu comme une charge explosive mal dosée, ont néanmoins incité les chercheurs à poursuivre leurs travaux sur la piste du vaccin. C'est ce que font actuellement plusieurs équipes travaillant sur des sous-unités de protéine amyloïde qui auraient la même action positive sans déclencher de réactions inappropriées.

On s'approche d'un traitement préventif de la maladie. C'est sans doute là que les progrès de la science seront les plus considérables.

Toujours à venir, les *médicaments antiamyloïdes*, c'est-à-dire qui agiraient sur le dépôt de cette fameuse protéine amyloïde dont on pense qu'il marque le début de la maladie. Le but est d'empêcher cette protéine soit de se produire, soit de se déposer au niveau du cerveau.

Il existe aussi des *inhibiteurs de la protéine*. La maladie démarre avec un précurseur ; quand des gamma et des bêta-sécrétase se mettent en action, cela s'agrège, forme des grumeaux et est neurotoxique. Des laboratoires travaillent donc à la mise au point d'inhibiteurs des gamma et des bêta sécrétase qui, cette fois, empêcheraient leur production.

Enfin la *thérapie génique*, avec le *Nerf Growth Factor* : cette approche a été expérimentée avec succès chez le singe en prélevant des cellules de la région fronto-basale du cerveau.

2. *Les traitements sans médicaments*

La rééducation cognitive

Apprendre par cœur, revoir ses tables de multiplication, faire des exercices mentaux tous les jours, jouer aux échecs, aux cartes, avoir l'activité intellectuelle la plus intense possible, ces passe-temps ont aussi un effet bénéfique. S'ils ne retardent pas l'apparition de la maladie, ils freinent ses effets les plus « désocialisants ».

L'étude Paquid menée par l'Inserm de Bordeaux a démontré que toute activité manuelle (jardinage, bricolage...) a aussi des aspects positifs. Car, insistent les médecins, pour bricoler ou planter, il faut aussi réfléchir, anticiper, faire des calculs.

Ainsi, la MSA (Mutualité sociale agricole) élabore des programmes intitulés « PAC Euréka » qui se déroulent dans les « clubs des aînés ruraux ». « PAC » signifie programme d'activités cognitives, et c'est Jocelyne de Rotrou, neuropsychologue à Broca, qui a mis au point ce programme.

Musico et art-thérapie

À Montpellier, l'équipe du professeur Jacques Touchon pratique la musicothérapie et l'art-thérapie, sur lesquelles des études sont en cours.

Ces thérapies ont deux objectifs : d'une part, elles permettent au patient de trouver des moments de calme et de sérénité (en écoutant des musiques relaxantes ou qui leur permettent d'évoquer leur passé ; en peignant, au gré de leur inspiration ou de leurs angoisses, une peinture non conventionnelle, non inhibée) ; d'autre part, elles leur redonnent une forme de confiance en soi et de dignité en leur permettant de créer, de s'accomplir ou de se retrouver.

Si elles ne présentent pas d'inconvénients, ces thérapies n'apportent peut-être rien d'autre que du bien-être. Autrement dit, la communauté médicale ne leur reconnaît pour l'heure aucune valeur curative.

D'autres approches thérapeutiques existent, dont l'efficacité n'est pas non plus démontrée, soit en raison du nombre trop peu important de patients qu'elles incluent, soit parce qu'il s'agit de simples études de cas ou d'études sans groupe « contrôle ». Ces approches, telles que la thérapie avec l'appui d'un animal, la thérapie du langage, la luminothérapie, ne sont pratiquées que de façon très ponctuelle.

La thérapie de réminiscence

La thérapie de réminiscence est définie comme le rappel vocal ou silencieux d'événements passés de la vie d'un patient dément. Pratiquée individuellement ou plus souvent en groupe, cette technique consiste typiquement en réunions de fréquence au moins hebdomadaire au cours desquelles les participants sont invités à parler de leur vie antérieure avec le soutien matériel de photos, de musique, de vidéos ou d'objets signifiants. Dans la mesure où la mémoire des faits anciens est souvent la dernière à se détériorer dans les cas d'Alzheimer, il en a été inféré que la réminiscence pouvait être un moyen de communication avec et entre les individus à la mémoire déficiente, en se centrant sur une capacité cognitive persistante même à un stade d'évolution avancé de la maladie, et elle est ainsi devenue un processus thérapeutique à part entière.

L'orientation dans la réalité

L'orientation dans la réalité a été décrite comme une technique dont l'objectif est d'améliorer la qualité de vie de patients âgés dits « confus », quelle que soit la cause de leur état. Cette approche thérapeutique consiste en la présentation de matériels à visée d'orientation dans le temps, dans l'espace et par rapport à l'entourage social, dans le but d'améliorer la perception de son environnement par le patient âgé « confus », donc aussi ses capacités de contrôle et d'estime de soi. La thérapie peut se dérouler soit de manière continue pendant les vingt-quatre heures d'une même journée au cours desquelles une équipe spécialisée veille en permanence à cadrer et à rassurer les patients, soit sous forme de « classes » qui mettent systématiquement en contact des patients âgés en leur proposant une série d'activités centrées sur l'orientation. Un des outils presque toujours utilisés pendant ces classes est le tableau d'orientation qui affiche la date, l'heure, le lieu, le nom des participants, le temps qu'il fait, la saison, le prochain repas prévu, etc.

Selon certains spécialistes, la thérapie d'orientation mérite d'être considérée comme une procédure à part entière dans un programme global de prise en charge des patients déments, même s'il est malaisé de savoir lesquelles des actions réalisées sont réellement efficaces, ou si les résultats constatés perdurent dans le temps.

La thérapie de validation

La thérapie de validation permet de communiquer avec les patients âgés déments, quel que soit le stade d'évolution de leur démence : désorientation, confusion dans le temps, déplacements répétitifs, état végétatif. Développée entre 1963 et 1980 par Naomi Feil, la validation s'intéresse au vécu du patient en perte d'autonomie psychique. C'est une méthode concrète et rigoureuse qui aide à entrer en contact avec la personne âgée, agitée, enfermée dans son monde et incohérente dans ses propos. Par l'application de simples techniques de communication verbale et non verbale, on peut lui infuser le sentiment d'être écoutée et comprise, donc rassurée. Cela dans le dessein d'apaiser son comportement agité, lié à l'angoisse, et d'ouvrir la porte à une communication plus consciente, si minime soit-elle. La validation est née de la volonté d'aider la personne diagnostiquée « Alzheimer » et de comprendre les troubles qui la désorientent aux derniers stades de sa vie. Bien souvent, en effet, elle essaie de « rassembler les éléments épars de sa vie » en se retranchant dans un comportement incohérent ou dans la confusion. La perte progressive de la vision, de l'audition et de la mémoire, associée aux deuils douloureux (amis, parents, époux), la conduit à « replonger » dans le passé. Elle peut ainsi revivre les bons moments et éviter les mauvais. C'est pour elle une question de survie, un ultime combat pour trouver la paix. Tenter de la raisonner ne sert à rien, car là n'est pas son propos. Par contre, en voyageant avec elle dans le temps et l'espace, on commence à comprendre les thèmes importants qui guident son histoire et qu'elle est en train d'exprimer. Être attentif par l'écoute, le contact visuel, le toucher, veiller à s'harmoniser au rythme corporel de la personne âgée, permet de créer un climat de respect et de confiance mutuels où les émotions, les sentiments et les souvenirs pourront êtres exprimés, compris et interprétés.

Naomi Feil a proposé un mode de comportement homogène et cohérent à l'égard du dément. Par exemple : reformuler en mots clairs ses phrases parfois confuses ; en cas de doute, utiliser des mots laissant place à l'ambiguïté (« on » ou « ils » plutôt qu'un nom précis) ; parler d'une voix claire et lente, en utilisant des mots simples, de préférence non anxiogènes (« comment » plutôt que « pourquoi ») ; garder un contact visuel étroit pendant les conversations, pour soutenir le contact verbal ; construire et maintenir une relation de confiance ; utiliser des supports pour favoriser les réminiscences (musique, photos), etc. Les bénéfices de la thérapie de validation ne sont pas étayées sur des études rigoureuses mais relèvent plutôt d'observations empiriques.

CHAPITRE 11

21 mai 2003

Je suis seule à la maison. Mon téléphone portable sonne. C'est Mathilde qui m'appelle.

— C'est fini, elle est partie… Maman vient de mourir.

C'est étrange : je ne ressens rien. Je m'entends lui demander :

— Quand est-ce arrivé ?

— Il y a quelques instants. Je te passe le docteur M., il est encore là.

Peut-être parce qu'il parle doucement ou parce que je sens les larmes rouler sur mes joues, je ne reconnais pas la voix du médecin de famille. Les larmes peuvent-elles empêcher d'entendre ?

— Non, elle n'a pas souffert… Ils étaient à table ; un aliment a dû faire fausse route. Elle n'a pas pu reprendre sa respiration. Oui, c'est le cœur qui a lâché… C'est allé très vite ; quand je suis arrivé, c'était déjà fini. Je vous repasse votre sœur…

— Mathilde, comment va Papa ?

— Ça va aller.

— Tu as prévenu Clotilde ?

— Non.

— Je le fais. Je te rappelle ensuite.

Il me semble que Clotilde a une sorte de hoquet. Elle dit : « Qui t'a prévenu ? », et, sans me laisser le temps de répondre : « J'y vais, je cours à la gare. » Je la sens suffoquer comme si elle aussi manquait d'air. Je lui demande :

— Qu'est-ce que tu fais de tes filles ?

— Je ne sais pas... (Sa voix se fait hésitante.) Gaëlle révise son examen, Inès est à son cours de clavecin, et Fiona à la danse. Elles peuvent rester...

— Je m'occupe d'elles, ne t'inquiète de rien. Je les emmènerai.

— Oui, oui...

J'appelle Charles : sa mère Mathilde lui a déjà annoncé la disparition de Grand-mère :

— Je ne veux pas laisser maman toute seule... Je pars en voiture dès maintenant ; tu veux que je t'emmène ?

— Non, Il faut que je récupère mes garçons, et puis il y a les filles de Clotilde.

— Bon, d'accord. Courage !

Soudain le silence. Je suis assise sur le canapé blanc du salon, face aux grandes baies vitrées. Je vois « les nuages, là-bas, les merveilleux nuages... » Puis cette boule qui monte et se noue dans mon ventre... Je crois que je ne pleure plus, mais je suis prise d'une crise d'éternuements, comme une réaction allergique. Une envie de vomir que je n'arrive plus à contrôler.

Est-ce que c'est ça, le chagrin ? Est-ce qu'on doit être prise d'éternuements à répétition à l'annonce de la mort de sa mère ?

Maman est morte et c'est comme si seul mon corps avait assimilé cette information. Mon cerveau est bloqué, en pilotage automatique, incapable d'appréhender ce qui vient de lui être annoncé.

Je me raccroche à mon emploi du temps surchargé : est-ce que je peux moi aussi partir aujourd'hui ? J'ai du travail, des rendez-vous : est-ce que je peux tout annuler ? Il ne me vient en tête que mes « obligations professionnelles ». Comme si rien n'était plus important que le travail… Garder quelques instants encore l'illusion que je pourrais faire comme si…

Et puis la porte s'ouvre. Paul, à son habitude, entre en riant, il cabriole, fait le pitre, suivi par son frère aîné, Louis, qui traîne son sabre d'un air las.

— Maman ! maman ! Je me suis fait mal à l'escrime, et Paul n'arrête pas de m'embêter !

— C'est pas vrai ! (Paul esquisse un moulinet en direction de son frère.) Et d'abord, t'es pas cap' de me battre !

Leur père, Philippe, referme la porte en criant : « Assez ! » puis, se tournant vers moi : « Ils sont impossibles ! » Il me regarde plus attentivement.

— Ça va ?

— Oui, enfin, si on veut… Maman est morte.

— Grand-mère ? demande Louis, et il éclate en sanglots tout en se jetant dans mes bras.

Paul vient à son tour se blottir contre moi et me caresse les cheveux en disant :

— Ma pauvre maman !

Nous pleurons tous trois serrés les uns contre les autres. Philippe me demande :

— Que veux-tu que je fasse ?

— Je ne sais pas, j'ai tellement à faire… J'ai des rendez-vous…

— Il faut que tu ailles là-bas. Tu veux que je t'accompagne ?

— Oui… non… Je ne sais pas. Et puis, tu as ta femme…

Je répète cette dernière phrase comme pour faire rentrer ma souffrance actuelle dans ce que fut cette douleur-là. Le jour où il m'a quitté, où il nous a laissés, les enfants et moi, pour aller vivre avec l'Autre.

Philippe ne relève pas ; c'est un refrain dont il a l'habitude. Il me prend la main et répète doucement :

— Tu dois y aller. Je viendrai avec vous. J'ai toujours beaucoup aimé ton père…

— Oui, tu nous as aimés…

Pourquoi faut-il que je mélange tout : les douleurs d'hier et d'aujourd'hui, les chagrins que je croyais passés et celui-ci, plus terrassant encore. Comme si tous les chagrins, au lieu de s'adoucir au fil du temps, s'amalgamaient pour resurgir avec une force décuplée.

J'ai pris le dernier train avec Louis et les trois filles de Clotilde. Paul nous rejoindra plus tard avec son père. Il m'a avoué qu'il avait peur.

— Est-ce que je vais voir Grand-mère morte ?

— Mais non, mon chéri, tu ne verras que son cercueil.

— Oui, mais toi, tu vas être triste, tu vas pleurer ?

Il hésite encore, puis finit par me dire :

— Demain, maman, tu veux bien ? J'ai trop peur, si tu pleures.

Charles nous attend à la gare d'Angers. J'aperçois de loin sa silhouette dégingandée qui nous fait des signes de la main. En quelques enjambées, il nous a rejoints. Il me serre très fort : « Ça va, ma zazou ? » Je souris à ce surnom familier qu'il me donne depuis toujours.

Je monte à l'avant tandis que les enfants se serrent à l'arrière. Nous prenons la route de Saumur. Il fait encore jour. Un dernier rayon de soleil fait scintiller les eaux de la Loire qui semble paresser dans le couchant. En cette saison, le fleuve est plutôt haut et, tout autour, la campagne explose de sève. Les arbres sont encore du vert intense des jeunes feuilles et les fossés débordent de joncs et d'iris sauvages.

Voici enfin le chemin de terre, sur la droite, qui conduit à la maison. Au pied des piliers du portail, les massifs d'arums sont en fleur. Je pense : « Maman les aimait tant. » Le gravier crisse tandis que Charles contourne le massif de rosiers croulant littéralement sous les fleurs : roses rouges, roses thé, roses blanches ourlées de beige, rosiers cuisse-de-nymphe et pierre-de-ronsard…

J'ai envie de pleurer. Je dis aux enfants :

— Si vous le voulez, demain, nous irons choisir chacun une rose pour la déposer sur le lit où Grand-mère repose.

En entendant la voiture, Mathilde et Clotilde sont sorties sur le perron. Gaëlle, Inès et Fiona se pressent contre leur mère. Mathilde me serre dans ses bras. Elle a les yeux rouges. Louis ne me lâche pas la main.

— Entrez, dit Mathilde, j'ai préparé quelque chose.

— Je n'ai pas faim, tu sais. Mais je veux bien un verre de vin.

Elle me prend le bras pour pénétrer dans la maison. Toujours cette odeur familière de vieux bois. Elle a laissé ouvertes les quatre portes-fenêtres qui donnent sur le jardin.

Papa est assis dans son fauteuil club, près de la cheminée, le front appuyé dans la main. Il relève la tête à notre entrée et se redresse avec peine. Il a encore maigri. Son visage est si las, si triste.

— Ah, ma chérie.

Je m'avance vers lui.

— Ne bouge pas, Papa.

Je l'embrasse, il sent comme toujours l'eau de Cologne. Gaëlle, Inès, Numa et Fiona l'embrassent à leur tour.

— Bonsoir, Grand-père.

À nous voir tous réunis, il se remet à pleurer. Je l'aide à se rasseoir. Je lui essuie la joue :

— Ne pleure pas, Papa…

— Tu sais, c'était une femme extraordinaire… Ma pauvre Marion… Ma seule consolation est qu'elle n'a pas souffert. Elle ne s'est rendu compte de rien…

Je m'assois sur un cale-pied contre son fauteuil et lui prends la main

— Oui, Papa, elle est libre, désormais.

Ma voix se brise. Il enchaîne :

— Et puis, j'ai fait tout ce que j'ai pu pour elle. Et pour ses parents aussi...

— Je sais, Papa, tu as tout fait, toujours... (Je reste appuyée contre sa jambe comme quand j'étais petite. Il pleure doucement.) Tu as soif, Papa. Tu veux boire quelque chose ?

— Non, je crois que je vais aller me coucher.

Mathilde s'approche.

— Viens, Papa, je vais t'aider.

Il se lève avec difficulté, en grimaçant.

Clotilde m'interpelle depuis le comptoir de la cuisine, à l'autre bout de la pièce.

— Viens, je t'ai servi un verre. Assieds-toi...

Je viens prendre place en face d'elle. Elle a l'air un peu égarée. Gaëlle, qui sait le désespoir de sa mère, lui tient la main.

— Tu veux la voir ? me demande-t-elle.

— Oh non, pas ce soir, pas maintenant, je n'ai pas le courage... Où est-elle ?

— Dans la chambre du bas.

C'est l'ancienne bibliothèque que Papa, pour plus de commodité, avait fait réaménager en chambre à coucher.

— Et lui, où dort-il ?

— Dans la petite pièce attenante.

Je mange des cerises du jardin que Mathilde a disposées dans un saladier, sur la table. Clotilde me demande :

— Tu es sûre de vouloir dormir à l'auberge ? Il y a de la place ici, tu sais, on peut se serrer.

— Je sais, mais je préfère... Je n'ai pas le courage de dormir ici... Et puis, je ne serai pas seule à l'auberge, il y aura Louis et Charles.

Comment expliquer que je ne peux pas dormir dans la maison où repose le cadavre de ma mère ? Comment lui confesser que je trouve cette proximité insupportable ?

— D'ailleurs, on ne va pas trop traîner, n'est-ce pas, Charles ?

Il s'est assis à côté de moi.

— Mais oui, ma Zazou, je vais aller te coucher... Je ne vais pas te laisser.
J'entends Louis et les cousines cavalcader dans les chambres à l'étage. Ils sont déjà à la recherche de leurs trésors de vacances. Ça ne me dérange pas qu'ils fassent du bruit, mais j'espère que Papa ne les entendra pas.

Mathilde nous rejoint. Nous restons d'abord tous silencieux. Et puis, nous parlons des démarches. Mathilde s'est déjà occupée de tout. Elle nous montre le texte de l'avis de décès qui sera publié demain dans la presse locale et les journaux nationaux. « Ni fleurs ni couronnes... » Il y aura une messe « avec eucharistie », précise-t-elle. Un peu bêtement, je dis :

— Mais je ne me suis pas confessée depuis une éternité !

— Ça n'a pas d'importance, de nos jours. Tu peux communier même sans t'être confessée, m'a dit le curé. Mais nous devons choisir une épître et un psaume que l'un d'entre nous lira, et décider qui dira le texte d'accueil.

— C'est quoi ?

— C'est une invitation à la prière et au recueillement autour de la famille. Elle est lue par un laïc. On peut demander à notre cousine Claude, si vous voulez.

Claude, la nièce de Papa que je n'ai pas revue depuis des années...

— Je voudrais pouvoir dire quelques mots sur Maman, suggère Clotilde

— Si c'est possible, moi aussi.

— Il suffit de prévenir le prêtre, indique Mathilde.

— Et toi ? lui fait-on.

— Non, non, moi je ne dis rien. Je ne pourrais pas parler.

Je demande qui a été prévenu. « Tout le monde, je crois. » Mathilde lit la liste des parents, alliés, amis qui se sont déjà manifestés. Nous rajoutons quelques noms à la liste : des amis, des parents, des cousins éloignés qu'elle n'est pas parvenue à joindre.

Pour une fois, nous sommes d'accord sur tout : pas l'ombre d'une discussion. Mathilde retrouve naturellement son rôle de fille aînée qui prend en charge et organise. Clotilde, engloutie dans le chagrin, émet des suggestions d'une toute petite voix cassée. Moi, je me laisse porter par ce moment de paix familiale. Nous sommes toutes les trois pareillement accablées. Cette complicité, cette connivence, si rares entre nous, habituellement si promptes à la dispute, me soulagent comme un baume.

Je consulte ma montre : 23 heures.

— On pourrait téléphoner à John et Pat. Quelle heure est-il, en Californie ?

On se perd dans les fuseaux horaires.

J'ai la tête qui tourne. Un peu trop de vin, sans doute…

Je suis fatiguée. Les enfants doivent aller se coucher.

CHAPITRE 12

22 mai 2003

J'ai dormi d'un sommeil sans rêves, mais je crois avoir répété toute une partie de la nuit ce que je voulais dire aux funérailles de Maman.

Mathilde, de retour du marché, est passée nous chercher à l'auberge. Elle respecte la tradition qui veut que l'on offre une collation, un verre après l'enterrement. À la campagne, on ne laisse pas seule une famille endeuillée ; au contraire, l'usage est de lui rendre visite, de lui manifester son soutien, sa présence. Autrefois, c'étaient les voisins qui assuraient la « veillée » du mort pour soulager la famille.

De fait, arrivées à la maison, nous croisons des voisins venus présenter leurs condoléances. On s'embrasse, on se dit « à demain, à la messe ».

Clotilde est encore en tenue de nuit : T-shirt et pantalon de toile aux motifs africains.

— Heureusement que vous voilà, je n'ai pas encore eu le temps de prendre ma douche... Ça n'arrête pas !

Je l'embrasse.

— Personne ne saurait deviner que c'est ton pyjama ! (J'ajoute en souriant.) Très tendance, au contraire, ce lin froissé !

Elle me caresse la joue.

— Ça va, tu as pu dormir ?

— Oui, oui, j'ai pris un somnifère...

Louis rejoint ses cousines qui jouent déjà dans les arbres du jardin. Gaëlle a remis en service la vieille balançoire accrochée à une basse branche d'un des chênes. Dans la cuisine, Yvette finit de ranger la vaisselle. En la voyant, les larmes me viennent aux yeux. Je la serre fort dans mes bras : « Merci d'être là. »

Papa est dehors, assis dans un des fauteuils d'osier que Mathilde a disposés autour de la table, sous la treille qui ombrage la terrasse côté jardin. Il lit le journal, ou plutôt cherche l'*annonce* dans le tas de journaux que Mathilde vient de déposer devant lui...

— Je prépare un rôti et des frites. Ça te va ?

— Oui, oui, acquiesce-t-il sans entendre.

Il est temps pour moi d'aller *la* voir. Je m'éclipse discrètement, vais couper une rose dans le massif, devant la maison, pousse doucement la porte de sa chambre. Il fait sombre, les volets sont tirés. Je distingue plus que je ne vois son corps étendu. À son chevet brûle un cierge. Elle a les mains posées à plat sur la poitrine ; un drap recouvre son corps jusqu'à la taille. Je m'approche ; je n'ose pas la regarder ; j'ai peur de ne pouvoir oublier cette image, le masque de la mort sur son visage. Faut-il la toucher ? Oui, sans doute, pour que mon cerveau réalise, que mon cœur comprenne. Mais je ne ressens rien que de la crainte et de l'hébétude. J'effleure sa main, froide, trop glacée... Je recule vivement ; je me ressaisis et dépose sur ses mains la rose que j'ai cueillie.

Je m'apprête à sortir quand Clotilde entre à son tour. Elle ne dit rien, va caresser le front de Maman. Clotilde semble dans un état second, elle ne pleure pas mais respire bizarrement, comme si elle manquait d'air, avec des sortes de râles, des hoquets de noyée. Elle me fait presque peur ; je lui prends la main et chuchote : « Viens, Clotilde, ne reste pas là. » Je la tire vers la porte. C'est de la voir, elle, dans cet état second où la met la douleur, qui me fait pleurer. Elle finit par me suivre.

Anne et Lisa, la fille et la petite-fille de Mathilde, viennent d'arriver. Lisa, quatre ans, saute comme un moineau. La route a été longue depuis Pau où vivent ma nièce et son mari. Lui n'a pas pu venir, retenu par ses obligations à la ferme : ils élèvent des chevaux de Merens pour des promenades à travers les Pyrénées. Je prends Lisa dans mes bras. Elle porte une jolie robe bleue qui découvre ses épaules. Elle a la peau douce, cette chair tendre et dodue des petites filles. Elle parle en zozotant, avec l'accent du Midi :

— Bonzour, tante Zazoueee !

— Bonjour, ma jolie princesse.

— Ze peux aller zouer avec les cousings ?

Je la laisse rejoindre la troupe d'Indiens qui construisent une cabane, aidés par Charles qui joue les maîtres d'œuvre.

Mathilde, avec Anne, dispose des verres et des gâteaux secs sur la table, dehors. Elle se tourne vers moi :

— Ça va ?

— Je boirais bien un gin-tonic !

Anne vient m'embrasser.

— Assieds-toi, Zazou, je te le prépare !

C'est étrange, tout ce soleil, cette ambiance de vacances, ces gestes ordinaires de la vie que nous faisons sans nous forcer. Nous passons du rire aux larmes, moi surtout. Je sais que c'est nerveux : une défense qui en vaut bien une autre.

Paul est arrivé avec son père, mon « ex ». Philippe est en grande conversation avec Papa, un peu à l'écart. Je l'entends dire :

— Comment allez-vous, Jean ? Je suis content de vous voir.

— Moi aussi, Philippe, moi aussi, je vous remercie d'être venu…

— C'est bien naturel, Jean, je vous aime beaucoup, vous le savez...

Étrange : Philippe est le seul de « nos hommes » que Papa ait jamais apprécié comme un fils, et je sais que c'est réciproque.

Plusieurs de nos cousins sont là : Claude et son mari Jean-Claude, Nicole et Gérard, Claudine et Jean. Je les embrasse tous avec plaisir ; nous nous donnons des nouvelles des enfants grands et petits. Nous rions à l'évocation de certains souvenirs. Même Papa prend part à cette conversation bruyante. Il semble heureux que tous soient venus lui témoigner leur affection.

À nous voir ainsi tous ensemble, heureux de nous retrouver, on pourrait croire à une fête de famille, non à un enterrement.

Et puis, sans raison, le silence retombe. Papa passe la main sur ses yeux et dit dans un sanglot :

— Et voilà, maintenant il ne me reste plus qu'à la rejoindre...

Je me lève pour m'asseoir près de lui.

— Tu as bien le temps, tu sais, mon Papouche... Reste encore un peu avec nous, profite de la vie. Tu vas pouvoir te promener, t'occuper de toi, dépenser tout ton argent !

Charles se rapproche.

— Mais oui, Grand-père. Tu vas pouvoir sortir, aller au restaurant, te faire livrer des bonnes choses...

Et nous voilà à délirer tous deux sur ce qu'il pourra faire ou s'offrir : tout y passe, des massages thaïlandais pour soulager son arthrose au chauffeur philippin pour le promener dans la campagne et faire le tour des chais de Saumur, en passant par les bains de mer et la thalasso à La Baule... Tout cela pour le faire sourire, l'inciter à penser à autre chose...

Notre stratagème est efficace, chacun surenchérit et il finit par sourire puis par rire aux larmes.

Chapitre 13

23 mai 2003

J'ai insisté pour que Papa aille s'allonger après le déjeuner. L'après-midi sera long et éprouvant. Il s'est laissé faire

Je pratique aussi l'art de la sieste le plus souvent possible. Rien ne ressemble mieux à ce sommeil diurne, réparateur, léger, où l'on s'endort apaisé, repu, que celui du nourrisson après la tétée. Le seul où jamais je ne fais de cauchemar. Et comment expliquer que moi, qui suis devenue insomniaque, je m'endorme alors en quelques secondes, comme on abaisse un interrupteur ?

Une heure plus tard, je suis réveillée, un peu chiffonnée mais reposée. La maison est déjà pleine de monde. Il y a la famille au grand complet et le premier cercle des fidèles : les amis enseignants, les anciens de la Résistance. Certains viennent de Paris, d'autres de Nantes ou de Pau…

Il fait une chaleur écrasante : trente degrés à l'ombre. Il faudra prévoir un parapluie pour protéger Papa du soleil, au cimetière.

Le corbillard des pompes funèbres vient se garer devant l'entrée. Ils sont cinq à porter le cercueil pour la mise en bière. Nous attendons tous dans la grande salle, avant le dernier adieu, avant la fermeture du cercueil.

Papa, mes sœurs et moi entrons tous les quatre. Je reste un peu en retrait. Papa lui parle : « Ma chérie, ma chérie, tu es là… Adieu, ma toute belle, adieu… » Nous pleurons en silence. Nous sortons en soutenant Papa.

Puis j'accompagne ma tante, la sœur de Maman, qui sanglote en caressant les cheveux de la défunte : « Nous avons passé tant de bons moments, ma chérie. Tu te rappelles, n'est-ce pas, quand nous allions danser ? »

C'est au tour des amis de venir se recueillir, et c'est encore moi qui ouvre la porte, la referme, attends… Je ne suis pas sûre d'avoir envie d'assister à tant de manifestations de chagrin… Je suis encore moins sûre de vouloir tenir ce rôle-là.

Il est bientôt l'heure de se rendre à l'église. Nous attendons au-dehors. Les hommes des pompes funèbres portent le cercueil de Maman et le posent dans le corbillard. Je soutiens Papa que je sens vaciller ; je demande à Charles, qui est près de moi, d'approcher sa voiture pour conduire Grand-père. Je fais signe au chauffeur du corbillard pour qu'il repère bien la voiture et nous attende. Je ne sais où sont passées mes sœurs. Je ne sais où sont mes fils et leur père. Il me semble qu'il règne une certaine confusion. Mais, de toute façon, il n'y a pas de doute sur la destination et nous finirons bien par nous retrouver.

Dans la voiture, Papa s'assoit devant. Heureusement, Charles a branché la climatisation. Mathilde monte derrière, à côté de moi. Je ne vois pas Clotilde : elle est sûrement avec ses filles. Je ne vois pas non plus mes fils, mais je sais que Philippe est avec eux.

Toutes les voitures se mettent à manœuvrer en même temps. J'aperçois Anne seule dans sa voiture avec Lisa. Je dis à Mathilde : « Mais Anne est seule… On ne peut pas la laisser. Elle a tant pleuré, tout à l'heure ! » Mathilde fait stopper la voiture de Charles pour rejoindre sa fille.

Voici le village, puis la montée vers l'église. J'entends une cloche sonner et je comprends que c'est le glas.

Le prêtre nous attend sur le parvis, il salue Papa et lui fait part de sa sympathie. Puis il bénit le cercueil que l'on vient de sortir du corbillard.

L'église est pleine de monde. Mathilde, Papa et moi nous entrons à la suite du cercueil. La chorale de la paroisse se met à chanter.

Il restera de toi ce que tu as donné
Au lieu de le garder dans des coffrets rouillés
Il restera de toi, de ton jardin secret,
Une fleur oubliée qui ne s'est pas fanée
Ce que tu as donné en d'autres fleurira
Celui qui perd la vie, un jour la trouvera...

Il fait frais dans cette grande nef médiévale qui fut, avec l'abbaye qui y est adossée, une étape sur le chemin de Saint-Jacques-de-Compostelle.

Mathilde, Papa, Clotilde et moi sommes assis au premier rang. C'est notre cousine Claude qui lit le texte de l'accueil. Puis Mathilde se lève à son tour pour lire un extrait de la lettre de saint Paul au Thessaloniens. Elle lit très lentement mais parvient à terminer son texte : « Frères, réconfortez-vous les uns les autres... » Elle a accepté de surmonter sa timidité, car nous avons insisté pour que chacun, à sa manière, participe à cette messe.

Les petits enfants, Charles, Anne, Gaëlle, Inès, Fiona, lisent chacun un extrait du psaume *Le Seigneur est mon berger*. Tous les fidèles reprennent le répons en chantant : *Rien ne saurait me manquer...*

C'est à mon tour de me lever ; j'avance vers le pupitre dressé à côté du cercueil.

« Maman... »

Ma voix retentit dans la nef, amplifiée par le micro.

« ... Nous n'avons pas connu ce moment de rémission où l'on peut dire au revoir à celle qui va partir... »

Ma voix se brise et je me retrouve incapable de parler autrement qu'avec une voix aiguë de petite fille.

Je pleure, les larmes roulent sur mes joues. J'essaie surtout de tenir les feuilles bien à plat pour qu'elles ne glissent pas. Il faut que je respire, que je continue. Je prends une grande inspiration et reprends :

« Pour Charles, Anne, Gaëlle et Inès, tes petits-enfants qui t'ont connue,

« Pour Louis, Fiona, Paul et Lisa, qui n'en ont pas eu le temps, je voudrais dire que tu as été :

« Cette jeune fille ardente et courageuse, combattante aussi contre le nazisme au péril de ta vie,

« Cette mère exigeante et tendre qui n'envisageait pour ses filles que le meilleur ; je ne sais pas si nous avons répondu à tes attentes…

« Cette épouse magnifique que Papa, en dépit de la maladie, n'a cessé de voir en toi. Toi dont il n'a jamais voulu être séparé.

« Tu nous as appris, Maman, la force de la volonté, comme disait ta propre mère,

« Cette force de la volonté dont papa a fait preuve pour combattre la maladie de toutes ses forces et, ces dix dernières années, pour supporter cette épreuve.

« La force de la volonté aussi de Mathilde, qui est venue, il y a plus d'un an, t'aider et t'accompagner, ce qu'elle est sans doute la seule de nous trois à savoir faire… »

Le passage que j'ai maintenant à lire est le plus personnel, le plus difficile, et, avant même que les mots ne sortent de ma bouche, je me remets à pleurer, et ma voix qui s'était raffermie repart dans l'aigu. Il faut que j'y arrive, il faut que je lise jusqu'au bout !… Je me morigène : c'est ton métier, ma vieille, tu fais ça tout le temps… Et puis tant pis, tant pis pour la voix cassée, tant pis pour les larmes ; ce qui compte, c'est de DIRE :

« Je voudrais te dire, maintenant que tu es partie, combien tu m'as manqué, ces dernières années.

« Et combien je regrette que tu n'aies pas connu mes enfants… »

Je ménage une nouvelle pause pour respirer, car je pleure trop... Mais il me faut finir, conclure.

« Je voudrais te dire aussi que je sais que, désormais, tu es libre...

« et que, de là où tu nous regardes, tu as retrouvé ton sourire tendre, ton regard si vif, ce geste de la main que tu avais pour nous caresser le visage, pour nous consoler quand on était tristes.

« Au revoir, ma chérie,

« Au revoir, Maman. »

À travers mes larmes, je distingue à peine l'assistance. Les yeux au sol, je regagne ma place.

J'entends la chorale qui chante : *Nous te disons À Dieu, mais c'est à notre Dieu qui nous a tant aimés...*

Puis nous sortons de l'église pour aller au cimetière, un peu à l'écart du village. Le cortège de voitures se forme à nouveau. Charles descend une chaise pour Grand-père et le grand parapluie noir de berger. Tout le village a suivi et à nouveau une prière est dite par un voisin. On nous épargne la descente du cercueil. Nous passons tous devant en le bénissant une dernière fois. Les enfants ont apporté chacun une rose qu'ils déposent.

Papa salue quelques familiers. Je ne reconnais personne, ni le monsieur qui me serre trop fort la main, ni la dame qui m'embrasse et qui pique un peu.

Tout ce soleil, toute cette chaleur... Vite, la maison !

*

* *

Mathilde a prévu un buffet pour la parentèle et les amis. J'arrive en premier à la maison, donnant toujours le bras à Papa.

— Qu'est ce que tu veux ?

— Un whisky avec de la glace.

Il va s'asseoir dans son fauteuil, vite rejoint par Charles et aussi par son vieux copain Jean, prof à la retraite comme lui. Allez, whisky pour tout le monde !

Il me semble que la gravité des derniers jours s'est allégée. Je sais bien pourquoi ; je suis soulagée que le corps mort ne soit plus dans la maison. Je ne supportais pas l'idée que le cadavre de Maman repose dans la pièce à côté.

Maintenant qu'elle est en terre, il me semble vraiment que je peux oublier la pauvre folle, la vieille égarée, avec son regard de démente. Au contraire, je vais pouvoir retrouver celle à qui je pouvais me plaindre, raconter mes malheurs, avant, bien avant... Avant les disputes, avant qu'elle ne devienne dure, injuste avec nous, méchante parfois...

Peut-être mû par le même sentiment, Papa demande s'il peut regarder les photos de Maman. Je sors l'album contenant celles que nous avons prises il y a cinq ans pour leur anniversaire de mariage, quand j'avais fait venir le maire et l'orphéon.

Il feuillette les pages en souriant. Maman était déjà bien malade, ce qui ne m'a pas empêchée de me quereller avec elle, ce jour-là, et de partir fâchée contre eux deux. Mais, sur les photos, ça ne se voit pas ! Il ne reste que le spectacle d'une belle fête de famille.

Nous en choisissons une où ils se tiennent côte à côte, visiblement heureux.

— Celle-là, elle est bien, non ? fait Papa en caressant la photo. Vois comme elle a un joli sourire, et puis elle est coiffée...

— Oui, Papa, vous êtes très bien, là, tous les deux. Si tu veux, on peut même la recadrer et la faire agrandir !

— Je veux bien, oui, je veux bien.

En allant commander l'agrandissement chez le photographe j'en ai aussi demandé une copie pour moi.

Chapitre 14

4 juillet 2003

La petite maison en bord de mer est écrasée de chaleur et le vieux prunier, sans doute trop assoiffé, manque de feuilles pour nous ombrager. À moins qu'il n'ait la cochenille. Je scrute les branches à la recherche de ces minuscules bourgeons noirs que forme l'insecte parasite en se greffant sur l'arbre. Mais je ne vois rien.

Le pépiniériste, sollicité, me dispense ce conseil désarmant : il n'y a rien à faire. Les produits pour tuer la cochenille, très toxiques, sont désormais interdits. Il n'y a qu'à tailler les branches mortes, attendre, et espérer que le vieil arbre aura encore assez de vigueur pour s'en remettre.

Je suis triste à l'idée que « mon » prunier puisse mourir. Quel âge a-t-il, cet arbre ? Cinquante ans ? soixante ? quatre-vingts ans ? Je ne sais pas. Tout le monde l'a toujours vu là. Personne ne se souvient de l'avant-prunier. Or c'est un prunier rare, exceptionnel, même, car il porte trois sortes de prunes : oui, des reines-claudes, des mirabelles et des quetsches ! Il a été greffé trois fois par ses anciens propriétaires.

Assise sous ses branches, tandis que je sirote mon café d'après déjeuner, j'implore mentalement la déesse des arbres et des moissons : « Faites que mon prunier ne meure pas ! » Que deviendrons-nous sans son ombre protectrice, sans son tronc penché sur la haie, sans ses fruits dorés et juteux dont la chair chaude et sucrée se savoure à chaque retour de la plage ? Mais, cette année, il n'y a pas ou presque pas de fruits. En cherchant bien, je compte trois, quatre, cinq prunes.

Auprès de mon arbre, je vivais heureux..., chante Georges Brassens. Et moi, comment vais-je le remplacer, s'il vient à mourir ? Pourrai-je planter à la place un arbre déjà grand dont je pourrai voir à nouveau la ramure et goûter les fruits ?

Je ne suis pas retournée sur la tombe de Maman. La fréquentation des cimetières, ça n'est pas mon genre. Mais je sais comment on honore ses morts : en les portant dans son cœur, en pensant à eux avec douceur et tendresse, en acceptant tout ce qu'ils ont donné, le bon comme le reste.

Maman a emporté avec elle la maladie et ses souffrances. Je puis maintenant penser à elle avec sérénité. J'ai enfourné dans le sac de la maladie toutes nos disputes, toutes mes rancœurs ; je ne garde que le bon, le doux, le tendre, le joyeux.

Les mauvais souvenirs sont tous emportés, mis au compte d'Alzheimer.

Désormais, je suis sans doute encore plus sa fille que je ne l'aie jamais été.

Annexes

J'ai choisi de mettre en annexes à cet ouvrage deux textes très différents l'un de l'autre, mais qui peuvent contribuer à éclairer sur la maladie, la façon dont elle est vécue par les patients eux-mêmes ainsi que par les soignants.

Le premier est un travail effectué par le docteur Geneviève Demoures, chef de service de l'EHPAD[1]*. Elle m'a écrit : « Je suis très touchée par votre engagement pour une meilleure connaissance, une meilleure écoute et une meilleure prise en compte de ces malades, afin que nous soyons les uns et les autres persuadés que cette maladie se soigne, s'accompagne, que les familles souffrent et qu'elles ont besoin d'être entendues et apaisées ; enfin, que cette maladie a du sens, que les malades ne disent pas n'importe quoi, ne font pas n'importe quoi et qu'il nous faut inlassablement les rejoindre là où ils sont, avec tout le respect qui leur est dû. »*

Qu'elle soit donc remerciée de m'avoir autorisée à reproduire son texte.

Le deuxième est extrait d'un site Internet initié par le docteur Lucien Mias, ancienne figure nationale du rugby,

1. Établissement d'hébergement pour personnes âgées dépendantes. (Le Verger des Balans, 24430 Annesse-et-Beaulieu.)

pour l'unité de soin de longue durée d'Aussillon, près de Mazamet, dans le Tarn. Avec toute l'équipe des soignants, Lucien Mias présente sur son site la palette la plus complète de conseils, d'informations, de références.

Allez donc visiter ce site plein de pépites et d'humour : http://membres.lycos.fr/papidoc

Annexe 1

Paroles de déments, parole aux déments, la relation en psychogériatrie

[Dr Geneviève Demoures]

La maladie d'Alzheimer, du fait de l'existence d'un syndrome aphaso-apraxo-agnosique, est communément définie comme une maladie de la relation où l'amnésie qui est à son origine entrave la communication avec le patient jusqu'à l'enfermer dans la solitude du déni. On dira alors qu'« il est dans son monde », qu'il « ne réalise pas », qu'il « ne comprend plus rien, ne reconnaît pas ou dit n'importe quoi ».

C'est sans doute aller bien vite que de définir une pathologie en termes de pertes (avec tous ces « a- » privatifs) et de faire l'impasse sur les capacités restantes de la mémoire affective et de la mémoire émotionnelle pour lesquelles la parole garde tout son sens.

La réflexion livrée ici prend sa source dans une pratique quotidienne auprès des patients de la structure, atteints d'une démence et d'une dépendance sévères.

Trois aspects différents, par rapport à la parole m'ont semblé nécessaires.

1. Ce que dit le malade, comment et à qui.

2. Ce que lui disent les soignants, et comment ils utilisent la parole.

3. Ce qu'on dit de lui et de sa maladie dans la famille, l'institution et la société.

1. *Ce que dit le malade, comment et à qui*

Les malades déments nous parlent, pour peu qu'il existe quelqu'un pour prendre le temps nécessaire à les écouter ; et les éclairs de lucidité qu'on leur prête sont peut-être liés à ceux des soignants qui, à un moment donné, se mettent en situation de disponibilité pour les rejoindre et les entendre.

Ils nous disent leur souffrance passée :

> « Dans la vie, il y a aussi des morts, on peut pas tout effacer » ;
> « Je ne veux pas recommencer ma vie à sauter » ;
> « J'ai passé toute ma vie à essayer de les oublier [ses petites filles mortes à la naissance], maintenant je me souviens plus que ça » ;
> « Il faudrait pouvoir effacer ce qui est trop dérangeant de l'avant » ;
> « J'ai été révulsé et ils ont mis un âne à la place. »

Ils nous disent leur maladie et la conscience qu'ils en ont :

> « Il y a trop de choses à calmer ! » ;
> « J'ai plus d'idées dans la tête ; on dirait que je viens de naître » ;
> « Je n'ai plus envie d'être le patron, on est passé d'un truc à un autre, j'ai déconnecté » ;
> « Quand on a trop mal à sa vie, ça peut faire mal au ventre » ;
> « Je m'économise ; ça fait peur, la vie » ;
> « Je suis un zéro majuscule » ;

« Il m'arrive un bien qui n'est pas un bien ; je ne sais plus où j'en suis » ;

« Maintenant je ne veux plus vouloir ! » ;

« Je suis devenue folle, quelque chose m'est tombé dans la tête et ça se culbute » ;

« Faut penser à rien pour pas savoir ce qu'on a ; mais mon pareil il est calme pour l'instant » ;

« Comme je change d'intérieur, je paie le prix de l'asthme » ;

« Avant c'était chaud, maintenant je suis froide » ;

« C'est plein de gravier dans ma tête ; j'ai mal à la tête, j'ai une idée et elle s'en va, je ne peux pas la rattraper, c'est de la marmelade » ;

« Je suis toute pourrie » ;

« Je suis une cloche, c'est ce qui cloche » ;

« Je m'ennuie de moi, je suis perdu, je déménage » ;

« J'ai envie de vivre sans m'occuper de rien » ;

« Je ne suis qu'une petite roue de voiture ; ça marche pas trop loin ! » ;

« Je vais comme une petite ; ma mémoire, elle ne dérange plus. »

Ils nous disent leur peur de l'avenir :

« J'attends des trains pour m'emmener, mais j'ai pas trop envie d'y aller » ;

« Je veux pas y aller, dans le noir » ;

« Il faut pas croire qu'on a envie de mourir ; si tu pouvais me proposer de la vie ? » ;

« J'ai peur de paumer mon influx si j'arrête [d'empiler les coussins de tous les fauteuils] » ;

« On va bientôt tuer la lampe » ;

« Par où je sors... par où je m'en sors ? »

Ou nous parlent de l'équipe et de l'institution :

« Vous m'avez fait grandir d'au moins vingt centimètres ; sinon, je serais restée naine ; c'est laid, les nains » ;

« Toi, tu me regardes à l'endroit ; les autres, ils me voient à l'envers ! » ;

« Ici, il vaut mieux être le cadre que l'employé ! » ;

« On joue tout le monde la même musique ; ça traverse aussi le béton » ;

« Pourquoi tout le monde est personne, ici ? » ;

« Je m'inquiète des rumeurs sur le malade » ;

« Elles passent leur temps à courir, c'est mal organisé ! »

Un mot pour un autre : telle est la formule de la *métaphore*, comme un rapprochement entre deux réalités voisines non seulement par les signifiés, mais par les signifiants, dans une similitude sensorielle, émotionnelle et affective ; la métaphore se place au point précis où le sens se produit dans le non-sens.

Peut-on alors parler d'un langage métaphorique dans la démence ? Le sujet est tissé par la trame du langage, source de communication vitale, animation réciproque de sa sensibilité. Toute parole appelle réponse, même si elle ne rencontre que le silence, pourvu qu'elle ait un auditeur. « L'homme ne se nourrit pas seulement de pain, mais de parole aussi. » Auprès du patient dément, le soignant écoute, traduit parfois, reste toujours le témoin qui garantit, qui authentifie sa parole vivante. Il en est la mémoire et peut représenter tous les interlocuteurs du passé.

Avec leur famille, les patients peuvent redécouvrir « les mots pour le dire », comme une parole libérée de toute pudeur passée, ultime cadeau, message riche de sens qui les bouleverse, eux, les enfants ou les conjoints, dans cette qualité d'une rencontre à nouveau possible, bien que fugitive.

Tout en déambulant, l'air apparemment absent, Mme J. semble voir son époux : « Tu es beau. »

Mme C. regarde sa fille : « Je t'aime, ma grande. »

M. M. ouvre les yeux, regarde son fils : « J'ai la trouille de mourir, pardi ! »

Ces trois patients ne semblaient plus avoir accès à un langage compréhensible, communiquant dans un jargon le plus souvent marmonné. Ces phrases ont jeté le trouble dans l'esprit de leurs proches qui les ont reçues comme une première marque de confiance et d'amour après des années d'éloignement, voire de rupture avant la maladie.

M. T. n'a jamais véritablement communiqué avec son fils ; à un stade encore modéré de sa maladie, il demande : « Si vous pouviez lui dire qu'il compte pour moi... »

Et si la démence, parce qu'elle libère des carcans de la convenance, permettait une communication retrouvée, une authenticité de la relation humaine dans « ce cœur à cœur » qui se passe aussi de mots ?

Mais le langage du malade dément n'est pas seulement fait de mots. Bien sûr, les regards, les sourires, les larmes, les cris sont autant de moyens d'échange avec l'entourage qui y lit les émotions, la tristesse, comme la joie ou la colère. D'autres conduites peuvent paraître troublées ; on les nomme d'ailleurs « troubles du comportement ».

Sans relâche, dans un souci de rejoindre le patient, il nous faut tenter de comprendre, de mettre du sens, de faire sens à ce qui paraît insensé, gênant, angoissant pour les autres autant que pour le malade.

Les vocalises qui lui permettent d'entendre par leur voix qu'ils existent bien encore, les cris « madame, madame, madame » qui demandent la présence rassurante, le coussin serré dans les bras et promené au gré des déambulations comme un « moi auxiliaire », la serviette de table comme monnaie d'échange disent la nécessité du regard bienveillant qui rassure autant qu'il contient l'angoisse.

La déambulation, les conduites de persévération ou de compulsion, l'hyperactivité, les manifestations d'incorporation orale sous toutes ses formes, les troubles de la sexualité ont sans doute quelque chose à voir avec la recherche d'un plaisir destiné à combler le vide de la pensée qui s'installe.

« Je marche pour pas penser », disait cette dame au bord de l'épuisement.

La problématique des chutes mériterait qu'on s'attarde sur le sens à leur donner et sur l'analyse de leur survenue ; bien entendu, de nombreuses explications iatrogènes ou organiques en sont souvent responsables ; ce n'est pas de celles-là dont il faut ici parler. Le fait de tomber ou de se retrouver à terre reste parfois le seul moyen à disposition du patient pour exister au regard d'une équipe « débordée » par les soins techniques. Le patient se met ainsi dans le champ du soignant. Que se passe-t-il quand un malade tombe ? On s'affaire autour de lui, on appelle le médecin ; comme il pose un problème, il existe en tant que malade. Et il vérifie ainsi le prix qu'il a à nos yeux, mettant en scène, de manière anticipée et réversible, cette chute finale, cet aboutissement de la descente vertigineuse qui l'angoisse et va, il en est certain, le conduire à la mort : *Comment cela se passerait-il si j'allais mourir ?*

On peut évidemment se poser la question de savoir si le sujet a accès à une telle métabolisation de ses affects ; il me semble pourtant qu'il est nécessaire non seulement de le reconnaître comme un sujet, mais, au-delà, comme un sujet qui souffre, dont le comportement nous dit ce qu'il ne peut plus mettre en mots.

C'est ce qui fait également sens dans les attitudes de refus de soins ; certaines trouvent leur explication dans l'impossibilité du patient à comprendre ce qu'on attend de lui, dans la panique que peut générer une invitation, une consigne qui nous paraît pourtant simple, ou la douleur que risque d'engendrer une telle mise en action. Très souvent, pourtant, le refus s'inscrit, comme la colère, dans une tentative désespérée pour s'affirmer en tant que personne. Comme une personne en révolte qui voudrait contre tout « bon sens » affirmer des choix ou des non-choix, rester maître de sa propre existence ; en cela, il est un langage symbolique : *Je refuse, donc j'existe* .

Pour en finir avec ce que nous dit le dément, deux situations qui nous ont permis de rejoindre deux patientes dans la mise en scène d'une histoire passée douloureuse.

Mme L. est très en colère après son époux. Elle manifeste à son égard une agressivité verbale et physique quand il vient la voir, l'accusant de l'« abandonner pour aller au bal jouer de la musique, danser et rencontrer une autre fille ». M. L., âgé de plus de quatre-vingts ans, supporte difficilement ces propos qui semblent aux yeux de tous fort délirants. Les différentes thérapeutiques médicamenteuses (antidépresseurs, anxiolytiques, puis neuroleptiques) se sont révélées aussi inefficaces que délétères sur l'humeur de Mme L. et sur ses « délires ».

La rencontre de leur fille et la recherche de ce qui avait émaillé leur vie nous ont permis de comprendre les peurs de Mme L. et l'ont autorisée, elle, à exprimer ces phrases enfouies depuis plus de soixante ans, que la maladie rendait enfin accessibles, devant le risque d'un autre abandon.

M. L. a rencontré Mme L en 1939 ; ils se plaisaient et se voyaient régulièrement. Un soir, pourtant, M. L. est arrivé en retard à un de leurs rendez-vous. Mme L. a attendu, puis est repartie, à la fois blessée et furieuse. Envahie par la jalousie, elle a décidé de rompre et n'a plus revu ce garçon rencontré dans un bal où il était musicien. La guerre, quelques mois après, a mobilisé M. L. qui n'est revenu dans le village que plus d'un an après, blessé. Comme il l'exprime : « J'ai repris contact, et nous nous sommes mariés. » Jamais l'épisode de ce rendez-vous manqué n'a été même évoqué entre eux deux. M. L. vient de le raconter à sa fille. Pendant ce récit, Mme L. hoche la tête et sourit, visiblement apaisée : « C'est bien ça. »

Ainsi la parole libérée sous notre regard a permis de valider ces reproches qui n'étaient plus perçus comme délirants ; la rencontre est redevenue possible sans agressivité dans le couple. Les semaines suivantes, seule une anxiolyse modérée a été maintenue, et il n'a plus été question de ces reproches.

Second cas : Mme D. tombe plusieurs fois dans la journée, ou plutôt se met à terre et rampe vers les murs. Lorsque les soignants la relèvent, elle évoque « des coups de pied dans le ventre » et des maltraitances ; les troubles se majorent quand, à la faveur d'une déshydratation, l'équipe insiste pour la « faire boire ». Là encore, la prise en charge médicamenteuse et rassurante des soignants s'avère inefficace sur son comportement.

La compréhension de cette conduite a été possible grâce au récit d'une petite fille sur les circonstances traumatiques d'un épisode de sa vie, inconnu de ses propres enfants : Mme D. a été capturée pendant la guerre, enivrée de force et abusée après avoir été retenue prisonnière. Elle rejoue sous nos yeux ses tentatives de libération face à un autre enfermement, celui de la maladie et de l'hospitalisation.

Il a fallu lui verbaliser et lui redire à plusieurs reprises que nous savions les images terribles qu'elle avait dans la tête et qu'elle tentait d'oublier depuis si longtemps. Mme D. est actuellement plus apaisée, elle ne se met plus par terre, a retrouvé une autonomie pour l'alimentation, et des mots pour la relation. Il a semblé préférable, par la suite, de ne pas l'envahir à nouveau avec ces souvenirs.

Ces deux cas illustrent le plongeon mnésique rétrograde qui pose la question de savoir si la maladie fait qu'on ne se souvient plus, qu'on se souvient mal, ou qu'on se souvient *trop*. Malgré l'altération des fonctions cognitives, la mémoire émotionnelle et affective reste efficiente.

C'est alors qu'intervient la nécessaire médiation pour tenter de redonner du sens à la parole et aux conduites du malade : « L'homme a besoin d'autrui pour arriver à la conscience de lui-même. »

Dans la sensation de vide psychique qui l'envahit, le patient peut se poser la question de son existence : « Suis-je encore moi si je ne pense plus ? »

C'est alors que les autres, leurs attitudes et leur regard lui permettent d'exister, comme autant de moyens d'étayage de sa pensée mais aussi de son moi défaillant.

Pour qu'il y ait conscience du « je » qui permet au malade de se vivre, il est nécessaire d'être un « tu » bien identifié au regard de l'autre, seul chemin pour se réapproprier un « soi-même » dans une identité « autre » mais non pas moindre.

Il existe pour cela des outils, des stratégies de communication au-delà des mots nécessaires, dans un désir constant de rejoindre le patient à travers un engagement du soignant et de l'aidant.

2. *Ce que lui disent les soignants et comment ils utilisent la parole*

Dans la rencontre avec le patient dément se pose toujours la question de « comment lui parler ? », « que lui dire, et sur quel ton ? », « quels sont les moyens qui peuvent faciliter la relation ? », « que perçoit-il de la parole de l'autre ? »

La communication avec le malade suppose au préalable de tenir compte de ses difficultés de langage, et donc de l'incompréhension, source de réactions de colère, parfois, de catastrophe, de refus et d'évitement, souvent, témoins de cette intense réactivité émotionnelle face aux difficultés.

Si le registre verbal construit est celui qui est le plus atteint, on peut imaginer que les échanges d'informations doivent s'appuyer alors de plus en plus sur l'expression analogique, à travers le ton de la voix, la mimique, la posture, l'incitation gestuelle, autant que sur le choix des mots et la construction grammaticale de la phrase.

L'expression paraverbale conserve très longtemps sa cohérence et sa richesse, et le dialogue entre deux déments en est l'illustration ; il faut donc impérativement trouver les chemins de cette parole partagée.

Il paraît tout d'abord indispensable de créer un « espace de communication » privilégié. C'est-à-dire de s'adresser directement au patient en le reconnaissant dans sa qualité d'interlocuteur et en soutenant en permanence son attention (se mettre en face de lui, à sa hauteur, le regarder et chercher son regard, poser la main sur la sienne...).

Il nous faut aussi prendre le temps nécessaire pour s'assurer de la compréhension du message en respectant les périodes de latence des réponses. Il faut préférer le questionnement direct : « Avez-vous mal ? Avez-vous peur ? Vous dormez bien ? », à l'interrogation systématique de l'aidant ou du soignant : « Il a bien dormi ? Elle souffre ? »

En l'absence de réponse du malade, un tiers peut prendre la parole, mais simplement comme médiateur de la communication, quand les mots n'existent plus.

La responsabilité du maintien de l'attention incombe au soignant (ou à l'aidant familial), car le malade ne peut faire qu'une seule chose à la fois : marcher en parlant ou en écoutant une autre consigne lui est difficile, car il ne peut mettre en œuvre ses facultés d'attention divisées.

Il est donc judicieux de contrôler l'atmosphère sonore des lieux de vie, d'éviter les bruits inutiles qui peuvent devenir distrayants, effrayants ou sources de thèmes délirants interprétatifs : musique ou émission de télévision en fond trop sonore, conversations à plusieurs ou interpellations entre les personnels, bruits de pas, de chariots, de portes claquées.

Dans la manière de parler avec le malade, le ton de la voix est important : il n'est pas forcément besoin de crier quand on s'adresse à un patient dément ; tous ne sont pas sourds, mais certains peuvent être hypoacousiques. On s'attachera donc à privilégier l'articulation des mots, alors que le timbre de la voix doit rester clair sans être trop fort ; la musique même des mots est une information qui peut être perçue comme rassurante.

L'expression lue sur le visage, signe de tension, de fatigue, d'énervement, de peur, de colère, de moquerie, de mépris parfois ou, au contraire, de profond respect, d'une authentique empathie, d'un enthousiasme communicatif, d'un sourire tranquille, d'un désir de rejoindre le malade, est un outil facilitateur de communication sur le mode analogique. Elle est précieuse et sera associée aux gestes.

La qualité du toucher encourageant et la pratique de l'incitation gestuelle permettent la mise en action du malade en renforçant le message verbal.

Afin de faciliter la compréhension, il semble bénéfique d'utiliser des phrases courtes et incitatives et des phrases approbatives et de soutien, tout en ayant le souci de repérer l'effet de nos questions, de nos informations et de nos sollicitations :

« Voilà, c'est bien » ; « Venez » ; « Je vous accompagne » ; « On se connaît ! » ; « Oui, comme ça » ; « Tout va bien » ; « Je vous aide » ; « Avec la fourchette, c'est mieux ! » ; « Vous avez l'air triste » ; « Je ne comprends pas bien » en sont des exemples.

Par ailleurs, il est important de ne donner qu'une information à la fois et d'essayer de ne pas annoncer l'acte souhaité à l'avance, en évitant les verbes d'action. Toute notion abstraite va obliger le malade à planifier, à imaginer la mise en œuvre du projet que l'on veut pour lui. C'est l'exemple de cette phrase adressée à un patient assis dans sa chambre en fin de matinée :

« Venez, M. X, c'est l'heure du repas, on va manger, vous avez faim, sûrement ! Je ne sais pas le menu ! »

Devant la peur d'un échec de la mise en action, l'incompréhension d'une phrase trop longue, la difficulté à réaliser comment et où aller manger (puisqu'il ne voit pas de repas servi), le patient peut répondre simplement : « Je n'ai pas faim » ou : « Fichez-moi la paix », et s'opposer à l'accompagnement, refuser de se lever ou, au contraire, partir déambuler. Les équipes ou les familles peuvent alors valider ce refus : « Il n'a pas faim », « Il ne veut pas venir », et être surprises de voir le patient s'attabler par la suite comme si de rien n'était.

Cette interprétation est souvent à l'origine de la paralysie soignante qui fait porter à tort des jugements et des intentionnalités sur les malades, là ou il y a plutôt incompréhension et angoisse.

C'est encore l'exemple de cette phrase lancée un soir dans la salle à manger, après le repas, par une jeune soignante à un vieux monsieur qui ne présentait jusque-là aucun trouble de conduite :

« Allez ! On va au lit ! »

Nul besoin d'insister sur les comportements induits par ces mots inconséquents, la mise en échec du malade qui s'en est suivie lorsqu'il a voulu déshabiller la jeune fille comme elle venait de le faire pour lui, son trouble soudain, sa colère ensuite !

Il paraît donc toujours judicieux d'utiliser des pronoms personnels définis : « je » (je vous accompagne, je vous lave) et « vous » (vous pouvez manger, vous vous coiffez) au lieu de ce « on » impersonnel (on va faire la toilette, on va aller goûter).

Faut-il rappeler enfin la nécessité absolue de nommer les malades par leur nom et d'exclure le tutoiement, les diminutifs parfois blessants (« Mme non-non ! ») ou les « papis-mamies » délétères pour le maintien de leur identité et la mise à distance nécessaire avec le soignant.

Pour permettre la relation, il est indispensable de recourir à certaines méthodes : la reformulation, le prêt de mots et l'aide au travail associatif.

Chez tel patient aphasique, on peut proposer des alternatives de réponses, d'autres choix de termes synonymes, montrer un objet, encourageant ainsi ses efforts de cheminement mental par association ; son sourire et la gratitude qu'il exprime lorsqu'il perçoit qu'il est compris ou qu'on l'a compris témoignent de la valeur de cette quête incessante de la relation de part et d'autre.

Que dire à M. P. qui refuse de venir au repas parce que, dit-il, son père l'attend ou vient le chercher ?

Trois types de réponses :

« Mais non, c'est impossible, votre père est mort depuis longtemps » – le renvoie à la détresse de la solitude et de la souffrance de la séparation.

« Mais oui, il vous attend au repas, venez le voir » met le soignant mal à l'aise dans ce mensonge, et pourra induire colère et violence quand le patient s'apercevra de la vérité.

« Vous devez avoir envie de me parler de lui » ou : « Il comptait beaucoup pour vous ? » ou : « Vous y pensez souvent ? » semble être le meilleur type de réponse.

M. P. évoque alors son enfance avec ce père, sabotier de son état, d'abord au présent, puis à l'imparfait : « C'était un brave homme » ; quelques minutes ont suffi pour qu'il accepte de suivre ensuite le soignant au repas.

La même attitude est adoptée dans un langage d'équipe commun face aux questionnements sur la mort. Nul besoin de répondre : « Mais non, vous n'allez pas mourir », ou bien : « Hé oui, moi aussi, un jour », mais plutôt : « Et cela vous fait peur ? », ou bien : « Vous voulez me dire ? »

Peut-être qu'alors la mise en mots si nécessaire délivrera un moment le malade de son angoisse, peut-être aussi nous saura-t-il gré d'avoir pris ce temps d'écoute silencieuse là où il n'y a pas de réponse.

C'est ainsi qu'il nous faut accéder à des pratiques objectives reposant sur des hypothèses sur ce que le patient tente d'exprimer (hypothèses que l'on peut remettre en question) et, par là, valoriser la spécificité de la relation en psychogériatrie.

On peut parler à un malade de sa colère sans pour autant se mettre en colère, entendre son angoisse sans se sentir envahi par la sienne propre, lui dire : « Vous comptez pour moi », « Je ne peux pas vous laisser souffrir », prendre la mesure de ses doutes ou de son refus sans se sentir dévalorisé.

On peut s'autoriser aussi à lui dire : « Je ne comprends pas. »

Mais il faut aussi évoquer ces habitudes de langage perpétrées dans les équipes et qui, à bien y réfléchir, sont dépourvues de sens pour celui qui n'a peut-être pas accès à un langage symbolique.

Que veut dire « Aller aux toilettes » plusieurs fois dans la journée quand, déjà, la toilette du matin n'est pas un moment de plaisir, et que c'est un autre mot qui a toujours désigné ce lieu-là ?

Sans parler de ces phrases employées par tous : « Je vous change », « Je vous pique », « Je vous aspire », « Je vous retourne ».

Ou des ordres répétés sans cesse : « Avalez ! » « Ouvrez la bouche ! » « Restez assis ! » « Arrêtez », qui épuisent autant le soignant que le malade qui n'obtempère pas.

Que signifie encore dans notre discours cet ajout systématique de l'adjectif « petit » pour décrire les soins : une *petite* piqûre, un *petit* comprimé, un *petit* malaise, un *petit* pansement, une *petite* toilette ?

Pour une *petite* maladie, sans doute ?

Et s'il s'agissait de vrais malades souffrant d'une vraie maladie et nécessitant de vrais, de *grands* soins, dispensés par de vrais soignants très professionnels, très motivés et surtout très enthousiastes ?

3. *Ce qu'on dit de lui et de sa maladie dans la famille, l'institution et la société*

Comment parle-t-on de ces patients ? Que dit-on d'eux en famille et dans l'entourage, au sein des services et des établissements d'hébergement ?

Il est simplement question, dans ce texte, d'être à l'écoute des mots pour nommer, pour dire la maladie et l'angoisse qu'elle génère, des mots pour définir les hommes et les femmes atteints de cette maladie, des mots qui témoignent de la pensée profonde, du regard, de l'appréhension des non-déments.

Curieux paradoxe que celui offert par notre société : la possibilité pour chacun de prolonger ses jours et la définition d'un « problème » autour du vieillissement, jusqu'à le définir comme une « peste grise » !

On parle plus des personnes âgées qu'elles-mêmes ne parlent d'elles. Réduits à des corps déchus, handicapés et dépendants, ne pouvant avoir accès à l'information ou à une décision, les vieux sont enfermés dans un rôle de bénéficiaires qui les oblige à recevoir ce dont ils sont censés manquer.

Leur parole même est canalisée et codifiée avec des schémas de représentation repris dans les discours et les images publicitaires : tempes blanches et sourires en forme de râtelier, la pub est marchande de bonheur, et la vieillesse, surtout démente, traîne avec elle une image de malheur – invendable !

Même lorsqu'il s'agit d'une marque de protection contre l'incontinence, on reste pour le moins surpris devant cette femme d'une belle quarantaine, heureuse au bord de la mer, en pleine santé, dynamique, illustrant le problème des « fuites urinaires » !

Ainsi, déjà en amont des mots, bien des images sournoises nous disent cette angoisse, cette insolence du vieillir ; on imagine que, lorsque s'y ajoute la maladie démentielle sous toutes ses formes, la représentation individuelle et collective met en jeu bien d'autres images encore plus insoutenables.

Il n'y a qu'à entendre les mots de compassion et les encouragements mêlés de pitié lorsqu'on « avoue » travailler dans un service de gériatrie : mimiques et soupirs s'associent à ces mots : « Ma pauvre, et vous tenez le coup ! Ce doit être terrible, tellement éprouvant ! Et quelle patience ! »

Comme s'il était impensable qu'on puisse trouver un quelconque épanouissement professionnel à soigner, que dis-je, à « garder » ces « pauvres personnes âgées » ?

On aura sans doute remarqué que le terme de « vieux » ou de « vieillard », en cours jusqu'au milieu du siècle, a disparu de notre vocabulaire pour être remplacé par celui, plus « pudique », de « personnes âgées ». Au-delà de soixante ou soixante-dix ans, on accède subitement à un âge, comme si, avant cette date fatidique, les adultes dits jeunes n'avaient pas d'âge. Se pourrait-il aussi que l'« âgé » pose la question de son authenticité en tant que « personne » au point qu'il faille rajouter ce mot-là devant « âgée ».

On a même parfois été surpris d'entendre parler de « la personne-z-âgée », espèce d'humain à contenir, image d'un devenir dangereux, vaguement contagieux peut-être si, de surcroît, la démence vient compliquer le vieillissement.

Est-ce la raison pour laquelle, s'il n'y a pas de doute sur l'appellation de « malades » des services hospitaliers pour désigner ceux qui s'y trouvent, on a beaucoup d'hésitations pour désigner les personnes atteintes d'une démence en institution pour « personnes âgées » (encore elles !).

Une des manières d'en parler peut être alors d'utiliser le terme de « résidents » ou de « pensionnaires », comme les enfants des collèges ou les vacanciers des « pensions de famille ». Certes, ils paient leur pension, eux ou leurs enfants, ils n'en finissent pas de payer le tribut de la maladie qui les rend dépendants. Et, là encore, les mots sont trompeurs, témoins d'un certain regard, d'une politique de la santé qui veut qu'après l'âge (encore lui) de soixante ans la maladie qui rend dépendant donne droit à une allocation d'autonomie plus qu'à une prise en charge essentiellement sanitaire.

Les établissements qui accueillent ces malades, après avoir été des hospices, sont devenus des pavillons de « long séjour », des pavillons de « chroniques », ou encore des « V120 ou V240 », selon leur nombre de vieux : 120 ou 240 !

Les maisons de retraite, les « cures médicales », puis, plus récemment, les EHPAD (établissements d'hébergement pour personnes âgées dépendantes), en passant par les MAPAD (maisons d'accueil pour personnes âgées dépendantes) ont en charge un nombre croissant de malades déments à qui on aimerait bien prodiguer les soins auxquels ils peuvent prétendre comme tous les autres patients.

Malheur à ceux qui s'égarent dans certains services hospitaliers où ils risquent fort de s'entendre dire (eux ou leurs proches) qu'« ici on est là pour les *vrais* malades, pas pour faire du social » ! Effectivement, face au dément qui arrive aux urgences avec une lettre ainsi libellée, un vendredi soir : « Je vous adresse Mme X pour placement », on imagine le peu d'enthousiasme qui anime les soignants de garde pour « trouver un lit », puis une place à cette femme, âgée, certes, mais surtout malade, qui demanderait un diagnostic, des soins appropriés et un environnement adaptés avant de décider d'un avenir qui va se programmer en fonction de ses revenus pour le choix d'un établissement.

Nous évoquons le diagnostic, et c'est là un souci majeur qui détermine le projet de soins. Le problème est capital, et il tend à être mieux pris en compte ces derniers temps. On nous dit même que « la démence est un enjeu majeur de santé publique » ! Mais combien de malades sont authentiquement diagnostiqués et traités ? 20 ou 30 % ?

Il y a encore peu de temps, la question était de savoir si le patient était dans la catégorie « valide », « semi-valide » ou « invalide ». Plus récemment, avec la réforme, il s'agit de « girer » les mêmes patients selon l'établissement d'une grille AGGIR ; en fonction de l'état de dépendance du malade, ou parfois de la perspicacité des évaluateurs, le patient est :

- GIR3, GIR4 : c'est un malade au stade précoce à modéré ;
- GIR2 : c'est un « dément déambulant » avant de devenir...
- GIR1 : « grabataire lucide ».

Tels sont les termes que l'on peut lire sur certaines grilles éditées et validées !

Ainsi, dans le cas de la démence, il est de coutume de définir les patients selon leurs symptômes ou la charge de travail qu'ils occasionnent.

On est souvent étonné du petit nombre de « déments » présentés comme tels en interrogeant les équipes dans les établissements face à la population de « confus », de « désorientés », d'« agressifs » ou d'« agités », ou encore de « perturbés » et de « perturbateurs ».

C'est un peu comme si, dans les services de cardiologie, il y avait des essoufflés, des œdématiques et des tachycardes !

Cette confusion entre les mots « vieillesse », « dépendance » et « démence » paraît toujours préjudiciable aux soins donnés ; car il s'agit authentiquement d'une « prise en soins » qui remplacerait judicieusement les termes de « prise en charge », si souvent utilisés, qui contribuent à nier le dément dans sa dimension de sujet *malade*. Qui le remplacerait dans le vocabulaire, mais aussi dans le regard posé et dans la mobilisation de toute une équipe « soignante ».

Alors les questionnements pour savoir si les « longs séjours » doivent « rester dans le sanitaire » ou « tomber dans le médico-social » perdraient leur raison d'être !

C'est à nous de trouver les mots justes, non seulement par fidélité à une éthique, mais parce que le moment du diagnostic, le moment d'une hospitalisation temporaire ou définitive sont toujours l'occasion de paroles signifiées entendues puis métabolisées par le malade et son entourage.

Le patient a besoin de savoir qu'il est malade et non pas simplement « vieux », et que son état de santé nécessite une prise en soins de tous les instants ; que c'est le sens de ce séjour, de ce « déménagement » qui lui est proposé, « parce qu'il compte pour sa famille », que ce n'est pas parce qu'il « a épuisé tout le monde » ou bien qu'« il faut que je place ma mère ».

« Prise en charge » induit inévitablement la notion de « fardeau » (et l'échelle de ZARITT mesure l'« indice de fardeau » de l'aidant d'un patient dément !), alors que la prise en compte, la prise en soins implique une notion d'engagement, de soulagement d'une souffrance et de traitement d'une maladie.

Mais on se heurte vite à cette notion d'incurabilité si répandue dès que l'on évoque la démence, malgré l'avancée des recherches et l'efficacité des médicaments. Où se trouve le mépris de cette maladie ?

« Docteur, ma femme a des problèmes de mémoire...

— Normal, c'est l'âge ! »

Faut-il chercher dans le refus de la vieillesse, dans la peur de la folie, dans le regard posé sur l'homme à travers ses seules performances intellectuelles ? Quel mal à diagnostiquer une maladie que nous avons peu étudiée, certes, mais pas moins que d'autres pour lesquelles on a acquis les connaissances nécessaires ? Quel est le sens de ce déni ? Sans doute cette question mériterait-elle que l'on s'y attarde...

Pour les familles, les mots pour dire la maladie et parler de leur proche donnent une image de leur méconnaissance et de la souffrance dans laquelle elles sont en permanence. Dans les réunions de famille se pose sans cesse la question de la lucidité, de la permanence d'une vie psychique, de la culpabilité et d'un possible droit à être enfin « heureux », puisque :

« il ne se « rend plus compte » ;

« il est dans son monde » ;

« elle retombe en enfance » ;

« il ne réalise plus rien, il n'imprime plus ! » ;

« elle rabâche, elle dit n'importe quoi » ;

« à quoi ça sert que je vienne ? elle ne se rend plus compte de rien ».

Et si mon malade est lucide, c'est trop de souffrance pour lui, mais aussi pour moi ! Alors on parle d'« éclairs de lucidité » quand il s'agit peut-être de moments où je suis moi-même plus disponible pour l'entendre et le rejoindre.

L'image de la dépendance, d'une possible « dégradation », trop souvent décrite comme le parcours inévitable auquel il faut se préparer :

« il n'est pas encore incontinent ou agressif… mais il paraît qu'ils le deviennent tous » ;

« et que ferai-je quand il ne marchera plus ? » ;

« pour l'instant il me reconnaît, jusqu'à quand ? » ;

« je ne veux surtout pas devenir ça ! » ;

« et s'il ne mange plus ? »

Sans parler des termes plus ou moins heureux de « légumes » ou de « plantes vertes » qui ont eu cours pendant combien d'années dans nos services !

Un autre mot mériterait qu'on s'y attarde : celui de « grabataire », précédant de peu le statut de mourant. Le grabataire n'étant pas allongé sur un grabat, comme son nom ne tendrait à l'indiquer, il est « confiné au lit », très fatigué, ou « ne fait plus que lit-fauteuil ». Prochain sur la liste des morts à venir, on se demande souvent ce qu'il lui reste à vivre, et vient alors la question : « À quoi cela peut-il bien servir, docteur ? Il faudrait faire quelque chose. »

Dans l'image d'un autre qui n'est plus celui qu'on a connu et aimé, la famille est dans le deuil anticipé. Alors ce fils qui ne vient plus voir son père « pour garder une bonne image de lui » est déjà dans la mort à venir, lui déniant toute capacité à vivre encore, à être encore « autre, mais pas forcément moindre ».

« C'est un mort vivant » ;

« Pour moi, quand il est entré en institution, je l'ai perdu ; il est déjà un peu mort » ;

« Ce n'est plus ma mère » ;

« C'est comme un veuvage, plutôt un divorce ; nous ne vivons plus ensemble » ;

« Et l'histoire s'arrête là ! »

Ainsi, enfermés qu'ils sont dans nos représentations de vieux fous, de morts vivants, de mourants en puissance, comment vont-ils parvenir à faire entendre leur voix ? Une voix de détresse, parfois, mais aussi de confiance, de tendresse, d'humour souvent…

L'entourage peut se retrouver dans une telle dénégation des capacités relationnelles du dément qu'il n'arrive même plus à entendre ce petit mot, cette phrase lourde de sens longtemps cherché qui vient enfin de traverser la barrière des mots.

C'est sûrement aussi une manière de se protéger de cette trop grande douleur, de cette peur de la différence et du devenir.

Et c'est dans ce temps que la mise en mots, le travail sur la parole, l'écoute respectueuse du silence permettent d'affronter de manière créatrice le mystère de la démence.

Docteur Geneviève Demoures,
février 2003.

Annexe 2

Conseils pour vivre avec un malade d'Alzheimer mis au point par des soignants

[Dr Lucien Mias]

Préalable

Insistons sur une notion souvent méconnue dont il faut s'imprégner encore et encore, car elle est fondamentale : la personne comprend toujours les signaux émis par votre corps. Même si elle ne comprend pas les mots que vous lui dites, elle sent toujours la façon dont vous le dites : vos expressions du visage, vos attitudes, vos gestes sont décodés et font de vous un ami à accepter ou un ennemi à fuir ou à agresser.

Pour vous et moi, la communication non verbale représente aussi 80 % du message dans la communication. Certes, le 20 % verbal (7 % la parole, 13 % le ton) est important pour comprendre et raisonner, mais c'est le 80 % non verbal qui fait la différence, qui fait que le message est écouté et retenu. Si le comportement du corps ne confirme pas la parole, celle-ci est oubliée, seul le geste est « entendu ».

Test : mettez-vous devant une personne, placez vos mains sur sa poitrine et, en même temps que vous lui dites : « Je t'aime », repoussez-la. Notez ce qu'elle retient comme message : que vous l'aimez ou que vous la rejetez ? Qu'a-t-elle entendu : le langage du corps ou le langage articulé ? Montrez-lui ensuite ce texte pour prouver que ce n'est qu'un test !

La chaleur humaine est le postulat de base de la thérapeutique : elle commence par le sourire, la main qui se tend et se prend, puis se pose sur l'épaule... et conditionne la réussite de toute action.

Les actions de toutes les personnes (vous, moi) sont tributaires de leur affectivité (exemple : je fais des kilomètres pour aller voir la personne aimée, alors que je traîne les pieds quand on me demande d'aller chercher le pain à cent mètres) ; or l'affectivité siège dans la partie basse du cerveau, région dont l'atteinte est très tardive au cours de l'évolution de la maladie d'Alzheimer.

Troubles de la mémoire

La personne atteinte de cette maladie commence par oublier les faits immédiats : oublier ses clés, son porte-monnaie, son journal... ; d'éteindre la cuisinière, de fermer le robinet, de fermer la porte à clé ; l'endroit où elle a laissé sa voiture... Ensuite vient l'oubli des événements récents : des rendez-vous, des coups de téléphone, des visites... Elle pose plusieurs fois la même question, pour en oublier aussitôt la réponse.

Il n'y a pas, dans le cerveau, d'endroit précis pour la mémoire : l'ensemble du cerveau sert à stocker les différentes mémoires (auditive, visuelle, tactile, gustative, olfactive, motrice) selon les éléments d'un puzzle. De ce fait, la perte de mémoire est progressive, selon l'endroit où siège la lésion du tissu cérébral. Cela explique pourquoi un Alzheimer est différent d'un autre.

À ce stade, la personne a toujours son « jugement » et prend conscience que son état se dégrade, ce qui entraîne une grande souffrance. Telle personne en devient triste, malheureuse et s'isole ; telle autre s'énerve et est qualifiée d'« infernale » ; pratiquement toutes font un syndrome dépressif.

Imaginons la situation morale de Manuella, Portugaise qui est venue en France pour avoir une vie meilleure, qui a travaillé toute sa vie, a élevé plusieurs enfants qui ont tous une situation, était maîtresse de sa maison... La voici maintenant, à soixante ans, obligée de tout abandonner et d'être sous la protection et la garde de quelqu'un, puis hospitalisée dans un monde inconnu. Il y a de quoi râler ! Mais, comme le langage n'est pas maîtrisé, elle crie sa détresse ou la chante.

Plus tard, le trouble de mémoire est total (amnésie) et perturbe :

– la vie quotidienne et la vie sociale du malade et de la famille ;

– les relations affectives : il est impossible pour le malade de se rappeler les noms et l'identité des amis, des collègues de travail.

– enfin, les malades oublient l'identité des personnes : les membres de la famille les moins proches ; puis les proches ; et arrive le jour où ils ne connaissent même plus leur propre identité.

Quelques suggestions

La mémoire ne s'use que si on ne s'en sert pas.

La non-utilisation des fonctions ralentit leur efficacité ultérieure, à tout âge.

Il faut entretenir la mémoire comme toutes les autres fonctions cérébrales : cela suppose de stimuler les sens.

Notre cerveau analyse le monde extérieur grâce aux renseignements apportés par les récepteurs du monde externe (les yeux, les oreilles, le toucher) et l'état du monde intérieur par les récepteurs inclus dans le corps, qui sont stimulés par le mouvement : il faut vivre debout et, si possible, redressé.

Si vous confinez un Alzheimer dans une chambre, en fermant la porte de sa chambre vous fermez la porte de ses sens. Vous mettez hors circuit l'écorce cérébrale en laissant la place au cerveau dit mammifère, qui rumine. Or, rappelez-vous votre adolescence : vous avez ruminé des idées noires et vous disiez alors : « La vie ne vaut pas la peine d'être vécue… » ; ce qui conduit d'ailleurs certains adolescents à se détruire. Certains Alzheimer aussi !

L'utilisation des fonctions cérébrales va stabiliser l'état de la personne, ralentir l'évolution de la maladie, rendant plus confortable la vie de la personne et de sa famille.

Pour que la personne malade ne perde pas ses objets usuels, il est bon de faire de la prévention :

– ajouter un cordon à sa paire de lunettes ;

– choisir un grand sac à main de couleur vive pour une femme ; un grand porte-monnaie ; un grand porte-clés ;

– écrire son nom et son adresse sur son sac, son porte-clés, son parapluie ;

– en institution, graver son nom sur son dentier, ses branches de lunettes ;

– mettre une carte comportant ses nom, adresse, numéro de téléphone dans une de ses poches ; ou une gourmette portant ces indications ;

– indiquer la marque, la couleur et le numéro d'immatriculation de sa voiture sur le porte-clés.

Pour éviter que la personne malade ne perde ses bijoux :

– Chaque bijou est rattaché à un souvenir intime heureux (l'alliance ou la bague de fiançailles, la chevalière, etc.) ; il est devenu au fil des ans tellement intégré au corps que, lorsqu'il n'est pas porté, la personne a une sensation de manque.

– La personne qui perd ses bijoux peut accuser de vol les amis venus à la maison. Ce qui est source de conflit et d'éloignement de ces amis... Ce qui donne alors l'impression à la personne d'être rejetée, la rendant malheureuse, agressive.

– La convaincre de les remplacer par de faux bijoux tout en précisant que les vrais seront toujours disponibles pour les grandes occasions. Ne jamais reprendre les bijoux sans tenir compte de son avis : expliquer, convaincre pour obtenir son accord, montrer l'emplacement du coffret.

– Son accord est essentiel pour éviter la perte d'estime de soi qu'on cultivera, au contraire, en lui montrant l'importance accordée à ses objets de prix.

– Plus un objet est affectivement chargé de sens, plus il doit être laissé longtemps.

Pour éviter qu'elle ne perde son carnet de chèques ou sa Carte bleue :

– La convaincre progressivement de le donner en garde. Montrer où on le place ; dire qu'il reste à sa disposition quand il y aura un chèque à faire. Là aussi : avec patience, expliquer, convaincre, pour obtenir son accord, montrer l'emplacement du stockage.

– Laisser toujours un peu d'argent liquide à sa disposition.

– Si, en plus de se sentir inapte, la personne se sent trompée par des mensonges (retrait brutal du carnet de chèques, de la Carte bleue...) son moral va en « prendre un coup ». Cela peut influencer défavorablement l'évolution de la maladie.

Chez toute personne, l'affectivité, clé des conduites motrices, est également primordiale pour le maintien d'une bonne efficacité intellectuelle. Pour que la personne malade ne perde pas ses repères :

– lui répéter souvent dans la journée son prénom ou son nom ;

– ne pas changer la place habituelle de ses affaires (rasoir, brosse à dents) ;

– disposer ses habits du jour toujours à la même place ;

– laisser les portes des pièces ouvertes, en ne fermant à clé (et en ôtant celle-ci pour ne pas la perdre) que le minimum nécessaire à la sécurité. Il ne faut surtout pas que le malade tourne comme un lion en cage dans une seule pièce ;

– ne placer des pancartes de signalisation que lorsque le malade se plaint lui-même de son handicap, et avec son accord : « Tu veux que je dispose une pancarte pour que nous sachions où se mettent les chaussures ? »

Organiser les actes de la vie quotidienne pour rythmer le temps :

– en premier, organiser l'environnement pour que la personne ne soit pas honteuse après avoir abîmé ou cassé involontairement un vase précieux, un objet coûteux, etc. En effet, même si le conjoint est patient, cela provoque des disputes ;

– ensuite, établir un ordre quotidien dans sa vie : la mettre au lit, la réveiller, la faire manger, l'aider à faire sa toilette, l'habiller, l'emmener aux W.-C. ;

– rythmer ces temps de la vie quotidienne permet à la personne de s'habituer à une vie ordonnée, l'aide à mieux vivre, facilite la tâche de l'entourage. Mais cet ordre est un moyen pour l'aider à faire, et non un but. Ce n'est pas un « service d'ordre » ;

– chaque fois que vous modifiez un événement de la vie quotidienne, cela nécessite pour la personne de réapprendre et de se réadapter. Il est nécessaire de le faire pour qu'elle progresse... mais avec patience, à petites doses ;

– ne pas bousculer, ne pas précipiter sous prétexte d'ordre. « Aider à faire » et non « faire à la place » ;

– fixer les axes généraux de la vie de la personne, non les détails, pour ne pas la transformer en automate. Passer sur des détails pour valoriser sa pensée, son effort mental : elle a trouvé la solution à ce qui est pour elle un problème que nous sous-estimons, parce que pour nous « c'est naturel... ».

À l'entrée de la personne en institution, il est important de savoir :

– son état intellectuel : son langage, les expressions qu'elle emploie le plus habituellement, le vocabulaire qui lui est familier. Quel genre de livres aime-t-elle ? Quels ont été les livres qu'elle a le plus aimés ? Quel art apprécie-t-elle ? Quels sont ses artistes préférés ?

– son état psychologique : tout ce qui lui fait plaisir ; tout ce qu'elle déteste, qui la vexe. Quels sont les souvenirs dont l'évocation la rend heureuse et, au contraire, de quoi ne faut-il jamais parler ? Qu'est-ce qui peut lui faire peur ? Qu'est-ce qui la rend triste ? En qui a-t-elle surtout confiance ? Est-elle difficile en ce qui concerne la prise des médicaments ?

– si c'est une femme : pour respecter ses raisons de vivre, il est bon de connaître sa couleur préférée de vêtements, ses habitudes pour la toilette, ses goûts pour la coiffure (elle se préfère avec des cheveux courts ou longs ?), si elle aime des ongles longs, le vernis à ongles, si elle aime se maquiller, si elle était habituée ou non à se mettre des crèmes... Continuer son rythme de vie, éviter qu'elle ne subisse de grands changements et qu'elle ne soit obligée de se réadapter encore inutilement aux détails. Éviter les changements lorsque ceux-ci ne sont pas vraiment nécessaires, lui épargner l'énervement, ses caprices, sa lutte contre ces changements. Ne pas la laisser avoir de la barbe et des moustaches, mais ne pas la raser avec des lames de rasoir : cela risque de faire repousser ses poils plus dru et épais. Utiliser des crèmes dépilatoires (en se renseignant auparavant sur une éventuelle allergie antérieure) ;

– si c'est un homme : il est important de connaitre ses habitudes pour respecter ses désirs – mettre des cravates ; se raser régulièrement, ou, au contraire, avoir des moustaches et de la barbe ; s'il se douchait ou se baignait tous les jours ; s'il changeait souvent de vêtements. Par contre, s'il n'était pas très propre, s'il ne prêtait pas beaucoup attention à ses vêtements, il faudra du temps pour changer ses habitudes. L'image qu'il offre aux autres résidents conditionne ses rapports avec eux.

L'aide à l'habillage

La personne oublie l'ordre dans lequel se mettent les vêtements et fait des erreurs tout en croyant avoir réalisé l'action correctement. Souvent source de conflits, l'habillement doit être précédé d'une préparation.

Connaître les habitudes antérieures permet de savoir quelle corde il faut faire vibrer.

Propos adaptés aux réactions antérieures de la personne.

– « Tu as une tache ! Qu'est-ce que les gens vont penser de toi ? Aide-moi à te changer » – si la femme s'adresse au mari ; et si le mari s'adresse à sa femme : « Tu devrais utiliser l'eau de Cologne, toi qui aimes tant le parfum. »

– Placer les vêtements bien en vue, dans l'ordre où ils doivent être placés, en mettant hors de vue les vêtements de nuit.

– Utiliser pour le linge de corps des effets en coton plutôt que le Damart : le malade transpire et ne sait le dire. Si on habille la personne, décrire les actions que l'on fait et accompagner le mouvement. « Nous allons mettre la jambe gauche du pantalon... »

– Utiliser largement le Velcro : chaussures, habits...

– Demander à la personne malade de participer à l'entretien du linge : trier le linge, plier des serviettes, etc.

À l'entrée de la personne en institution, il est important de connaître ses goûts vestimentaires :

– savoir quelles sont ses couleurs préférées ;

– comment elle aime s'habiller ; si elle est très exigeante en ce qui concerne ses vêtements ;

– savoir si elle aime porter la cravate, des bijoux, un chapeau…

L'aide au coucher

Comme l'habillage, l'aide au coucher demande d'instituer un rituel afin que la personne malade dorme suivant une tranche horaire fixe. Or les jours sont de longueur variable et l'heure d'été n'est pas l'heure d'hiver ; la nuit et le jour se moquent de l'horloge.

En sa présence, poser les vêtements de nuit bien en vue, fermer les volets, tirer les rideaux, allumer la lampe de chevet, ouvrir le lit… Ces actes, répétés chaque jour, ont un rôle de rituel facilitateur de l'étape suivante : « Je me couche. » Chaque personne a, par un conditionnement de toute une vie, des habitudes, un rituel pour les actes de la vie quotidienne. Si on peut le percevoir et en reproduire les conditions, cela facilite l'accomplissement de ces actes.

À l'entrée de la personne en institution il est important de connaître ses habitudes de sommeil :

– l'heure du coucher, l'heure du réveil, l'usage ou non des oreillers ;

– savoir si elle fait la sieste ;

– en règle générale, ce sont des personnes qui aiment à être couvertes jusqu'au cou ;

– laisser une veilleuse allumée… et toujours une caresse ou un câlin en disant bonne nuit !

Pour pallier l'incontinence urinaire : boire beaucoup d'eau diminue l'agitation observée chez la personne qui a soif mais ne sait le dire. Il est donc bénéfique de décoder son « comportement de soif » afin de lui offrir à boire. Boire induit aussi la miction, plaisir de relâchement viscéral. Nous disons tous : « Ça va mieux, je n'en pouvais plus », quand il nous arrive de « n'avoir pas eu le temps d'aller aux toilettes ».

– Une méthode pour essayer d'éviter l'incontinence urinaire consiste à rythmer : service personnalisé de boissons/conduite aux toilettes une heure après.

– Amener la personne toutes les heures aux toilettes sans la faire boire abondamment dans les intervalles provoque sa colère et un conflit de refus : comme elle n'a ni besoin, ni envie, ni résultat, la conduite aux toilettes avec son déshabillage partiel devient une agression.

– Régler l'heure d'aller à la selle est une nécessité : cela permet d'éviter d'avoir des déconvenues si une sortie est prévue ou au moment du repas. Il est bon de tenir compte des horaires qui étaient antérieurement ceux de la personne ; mais on peut aussi établir un nouveau rythme en utilisant des suppositoires qui déclenchent l'envie d'aller à la selle.

– Pour lutter contre la constipation, en plus de faire boire abondamment, commencer par des laxatifs doux afin d'éviter les débâcles intempestives.

À l'entrée de la personne en institution il est important de savoir ses habitudes : est-elle d'une nature constipée ? Si oui, que fait-elle en général pour l'éviter ? Quel est le rythme habituel du fonctionnement de ses intestins ? Des soignants de A. nous ont raconté que, par manque d'effectifs, ils plaçaient au lever les résidents sur la chaise percée et les faisaient déjeuner en même temps. Bigre ! Il est très difficile à quiconque de comprendre que la chaise qui sert à s'asseoir peut être à la fois un W.-C. et un lieu où l'on mange ! Toutes les références antérieures (ou conditionnements) sur la propreté, le rythme journalier, l'hygiène sont bafouées : à midi, à table, le patient fera ses besoins. Ces soignants doivent revoir l'organisation de leur travail (croyant économiser du temps, ils en perdent...) et réfléchir au sens de leur vie !

L'aide à la toilette

Cette aide doit être le plus possible limitée. La personne, si elle est guidée et stimulée, est pendant longtemps capable d'effectuer des gestes réalisés chaque jour durant toute sa vie. Par contre, elle est lente. S'armer de patience et diriger ses mouvements, tout en maintenant avec l'autre main un contact corporel, est indispensable.

– si la toilette est faite par un tiers, celui-ci ne doit pas commencer par le visage, mais par les membres supérieurs (main, bras) ;

– de plus, décrire le geste en cours de réalisation : « Je vous lave le bras gauche », « Je vous sèche le front », et maintenir avec l'autre main un contact cutané. Ce contact doit être peau à peau, sans gant de plastique, sauf pour les parties intimes, éventuellement ;

– profiter de la toilette pour proposer un massage de la plante des pieds, des mains, du dos, qui sécurise psychologiquement : ce n'est plus de l'hygiène, c'est un cadeau.

À l'entrée de la personne en institution, il est important de savoir comment elle fait sa toilette : se douche-t-elle quotidiennement ou une fois par semaine... ? Se préfère-t-elle avec des cheveux courts ou longs ? Se maquille-t-elle régulièrement ? Aime-t-elle les pantalons ? Est-ce qu'il se rase tous les jours ?

L'aide à l'alimentation

Quelques suggestions :

– Faire boire beaucoup d'eau est primordial. Cela diminue l'agitation : la personne a soif, mais ne sait pas le dire, il faut donc décoder son comportement quand elle a soif.

– Si aucun signe n'attire votre attention, proposez-lui souvent à boire... car elle perd la sensation de soif. Buvez vous-même devant elle, ou trinquez avec elle si nécessaire.

(Nous pouvons rester un mois sans manger, nous survivrons. Par contre, impossible de survivre à quinze jours sans boire.)

– Pour l'inciter à manger, disposer bien en vue des assiettes remplies d'aliments faciles à saisir et à consommer (fruits secs et frais de saison, petits biscuits) associés à un verre rempli d'eau ou de jus de fruits ; et picorer soi-même.

– Si on doit faire manger la personne, s'asseoir est un impératif. Ne jamais la faire manger en restant debout : la personne ne voit pas votre visage et est agressée par un objet métallique descendant du ciel, passant devant ses yeux, venant heurter sa lèvre supérieure... alors que, normalement, quand elle mange, le premier contact est avec la lèvre inférieure. Placer la personne en bout de table ; s'asseoir en se plaçant sur le petit côté (à droite ou à gauche selon que l'on est droitier ou gaucher). Tenir doucement sa main. Appuyer avec la cuillère sur sa lèvre inférieure.

– Lorsque la personne utilise un objet par erreur (chaussure pour boire, fourchette à la place de la cuillère...), lui donner le bon objet et reprendre ensuite l'autre sans s'exclamer, sans porter de jugement, sans commentaire, avec le sourire : elle a oublié l'usage des objets usuels. Toute réflexion peut la rendre honteuse, la vexer, car toutes les fonctions cognitives ne sont pas forcément atteintes.

– Pour éveiller l'appétit, faire marcher, donner à manger quinze à vingt minutes avant les repas un morceau de fromage (type gruyère) donnent parfois de bons résultats.

– Faire pratiquer des exercices de musculation des lèvres, des muscles du visage, de la langue, pour éviter la ptose des lèvres avec écoulement de salive.

– En institution, les informations à l'entrée doivent concerner : ses habitudes alimentaires, ce que la personne aime ou déteste, ses allergies alimentaires.

Pour que ses relations avec les autres soient perçues comme positives, quelques suggestions

– Lorsque la personne pose des questions répétitives, il ne sert à rien de lui dire : « Je te l'ai déjà dit », ou : « Ne pose pas des questions idiotes », ou : « Arrête de poser toujours la même question. »

– Dévier les questions en orientant son attention ailleurs ou en lui renvoyant la question : « Et vous, qu'en pensez-vous ? » Elle connaît souvent la réponse : sa question n'est que l'expression d'un besoin de communication à cause d'un climat intérieur d'angoisse (absence de maîtrise de la situation).

– Attention : elle se rend compte si on lui ment ou si on la trompe. « Tu te fous de moi », dit Georges quand, à court d'arguments devant son propos (« Je suis en prison ici »), je bafouille : « Vous reviendrez bientôt chez vous. » Depuis que Georges dit : « Je crois que je deviens fou », je ne lui mens plus, mais lui renvoie sa question : « À votre avis, qu'est-ce que c'est que la folie ? »

– Ne pas poser des questions dont on sait qu'elles sont inutiles : « Tu n'as tout de même pas oublié le prénom des petits-enfants ? » Oui, elle les a oubliés et en est honteuse. Par contre, elle les reconnaît et est très contente de les voir, mais le manifeste par un langage non verbal qui traduit un sentiment de joie : brillant des yeux, gestes corporels (elle tient leur main, caresse leur épaule).

– Ne jamais tenir de propos désobligeant tel que : « Elle est comme une plante », car ce que la personne sent et comprend est inconnu.

– Demander à ses amis de lui faire des visites brèves mais répétées pour lui « donner des nouvelles de la ville... », sans prendre une mine de condoléances ; sans des : « Tu te souviens tel jour... » ; en utilisant le contact corporel : tenir ses mains dans ses propres mains, poser la main sur son épaule, lui donner le bras... Le visiteur est incapable de juger du degré de chaleur humaine et de joie qu'il apporte ; c'est à la personne d'apprécier. Ce qui pourrait la rendre honteuse ou triste doit être laissé de côté.

– Quand la personne parle sans qu'on comprenne un mot de son discours, écoutons-la en manifestant notre présence de temps en temps par des : « Tiens, tiens... », ou : « Ah bon ! », ou : « C'est bien vrai ! » de façon à montrer notre participation à ce bavardage. Si elle semble poser une question, l'expression de sa voix, de son visage et de son regard doit permettre de savoir s'il faut répondre positivement, négativement, ou s'il faut l'apaiser par un : « Ne t'inquiète pas, je m'en occupe, tout ira bien », et attirer l'attention ailleurs.

Troubles de l'orientation dans le temps et l'espace

Lorsque progresse la démence, la personne perd la notion du temps. Elle ne sait plus quel jour on est, quelle est la date, en quelle saison on est... Elle peut demander machinalement l'heure dix fois par jour, mais elle ne sait pas pour quoi faire. Elle ne peut plus raconter sa vie chronologiquement. Elle peut aller se coucher à 17 heures, et faire des courses à 23 heures. Dans la famille, l'inquiétude et la fatigue psychologique augmentent : « Qu'est-ce qu'on va devenir ? »

Ensuite survient la désorientation spatiale : la personne sort pour aller à un endroit habituel (chez ses enfants, acheter le journal, etc.), mais il lui est difficile de retrouver le chemin. Elle arrive à la maison déçue, triste et angoissée.

Un peu plus tard, elle ne retrouve même pas le chemin du retour, se perd dans les rues... en se demandant : « Où suis-je ? », « Qu'est-ce que je fais là ? », « Où j'habite ? » – et elle doit demander de l'aide.

Un jour arrive où elle se perd dans son appartement, ne se rappelant plus où se trouvent les toilettes, la salle de bains ; où sont les serviettes, les draps. Elle ne retrouve plus ses affaires, ne s'habille plus, ne se lave plus, ne sait plus reconnaître la droite de la gauche...

Quelques suggestions

L'aménagement prothétique de l'environnement

– Aménager les zones à risque : main courante adaptée pour faciliter les déplacements ; fenêtre doublée par une bande de vitrage donnant une protection équivalente à un barreaudage, permettant d'ouvrir la fenêtre et de voir à l'extérieur ; ouverture de la porte de sortie commandée par un clavier numérique ; cuisinière à plaques chauffantes électriques à la place du gaz, avec système de double commande ne permettant la chauffe maximale (risque de brûlure) que si on actionne un bouton dissimulé (les fours sont une des causes les plus importantes de brûlures et d'incendie) ; mitigeur thermostatique pour obtenir de l'eau chaude tempérée afin d'éviter tout risque de brûlure ; chauffe-eau électrique pour éviter le danger d'asphyxie ou l'explosion ; panneau vitré entre la cuisine et le séjour, permettant une surveillance quand le malade est à la cuisine ; il vaut mieux laisser la salle de bains aussi nue que possible et donner shampooing, serviettes supplémentaires, nécessaire pour prothèse dentaire, crème à raser, etc., seulement au moment où la personne en a besoin. Avec l'évolution de la maladie, même la serviette, le savon, la brosse à dents et le dentifrice peuvent être utilisés de manière inadaptée s'ils sont laissés à portée de main.

– Pour prévenir les chutes : tapis cloués au sol ; planchers non vernis ; W.-C. surélevés et barres d'appui de couleur vive ; douche avec siège escamotable et barres d'appui. Si la personne se cogne contre le mur ou contre les meubles malgré un bon éclairage, on peut placer un ruban réflecteur aux coins des meubles, le long des plinthes.

– Installation de repères du temps : libre accès aux fenêtres pour pouvoir suivre le cycle du soleil et des saisons ; horloge simple avec de gros chiffres, horloge à carillon, coucou ; calendriers affichant un mois ou, mieux, un jour à la fois.

– Installation de repères de l'espace : signalisation des W.-C., par un logo, en évitant « W.-C. », dévalorisant ; placer près de la chambre et du séjour : repères lumineux, veilleuses ; ne pas déplacer les meubles ; pour la décoration des murs, utilisation du jaune paille, de l'orangé (à la cuisine, car excite l'appétit) et du rouge (poignées de porte), plus faciles à reconnaître que des bleus et des verts, car le cristallin jaunit ; contraste de couleurs entre les murs et la porte ; cadre, choisi par la personne, sur le mur du couloir près de sa chambre ; couleur du couvre-lit à son goût ; plante d'intérieur à entretenir ; réglage de l'intensité lumineuse en fonction de la réduction de l'acuité visuelle et du champ visuel.

– En institution : créer un circuit d'entraînement à l'orientation spatiale. Apprentissage d'itinéraires favorisant des déplacements autonomes vers et en différents lieux du service. L'orientation consiste à stimuler les comportements exploratoires, à sensibiliser à la présence des signes, à susciter leur utilisation, à favoriser la reconnaissance des lieux.

L'orientation vers la réalité

C'est un mode de communication destiné à faire prendre conscience du temps, de l'espace et de l'entourage. L'orientation vers la réalité doit être continue, intégrée aux activités journalières (habillage, toilette, alimentation, marche, bavardage) et doit ajouter aux données sur le temps et l'espace des données pertinentes sur les activités en cours.

Dialogue simple : « Bonjour, monsieur Cabrol. Je suis Laurent, l'infirmier, qui vous fait toujours rire en vous racontant les problèmes que j'ai avec ma voiture. Au fait, quel jour sommes-nous ?... Hé oui, déjà samedi. Comment trouvez-vous le temps ? (Montrant la fenêtre.) C'est bon pour la vigne, lorsqu'il pleut au mois de juillet. Je suis là pour vous aider à vous habiller, car il sera bientôt 9 heures du matin. » Un contact verbal est établi avec cette personne, car vous avez :

– reconnu son individualité et respecté ses limites par un dialogue simple, ponctué de temps d'arrêt pour lui permettre de répondre ;

– évité la position d'échec en vous nommant plutôt qu'en l'obligeant à vous nommer ;

– fait appel à ses capacités : elle a de bonnes chances de trouver la réponse ;

– sécurisé en présentant des données qui l'aideront à savoir qui elle est, qui nous sommes et ce que nous effectuons avec elle.

Ne pas insister sur l'erreur : les réponses données ne sont pas toujours exactes. Faillir à ce principe essentiel signifie ne pas reconnaître les efforts que fournit la personne. Celle-ci, à qui on demande de nommer la journée et qui répond mardi au lieu de samedi, se trompe, certes. Mais elle a compris le sens de la question et s'est efforcée d'y répondre.

Exemple 1

RECTIFICATION SANS INSISTANCE SUR L'ERREUR

> Intervenant (I) : En quelle saison sommes-nous ?
> Patient (P) : En été [*alors que c'est l'hiver*].
> Intervenant (I) :
> Réponse à éviter : Hé non ! Nous sommes en hiver, pas en été !
> Réponse à donner : Vous aussi vous avez hâte d'être en été, mais, malheureusement, nous sommes encore en hiver… Regardez, les arbres n'ont pas de feuilles !

Au plan technique, les deux réponses sont exactes, MAIS : la première ne tient pas compte de l'effort fourni et renvoie l'erreur en pleine figure ; la seconde tente de ménager le malade en lui faisant voir que, d'une part, il a hâte d'être en été, mais que, d'autre part, la réalité est tout autre.

Il importe de rectifier dans la mesure où la correction peut être intégrée ou servir à rassurer la personne qui cherche à maintenir le contact avec la réalité. Il s'agit de procéder avec tact et d'éviter les remarques dévalorisantes ou brusques.

Exemple 2

CORRECTION DE LA DÉSORIENTATION SANS SENTIMENT D'ÉCHEC

P : Bonjour, Serge [*alors que c'est Roger*].
I : D'après votre sourire, je sais que vous me reconnaissez. C'est vrai qu'on s'embrouille dans les noms. Moi, c'est Roger, celui qui travaillait avec vous.

Façon de rectifier le discours qui permet d'assouplir l'usage de l'orientation à la réalité tout en respectant ses principes.

Si la personne est dans un état de détérioration tel qu'elle ne peut plus répondre dans le sens de la question, recourir à la forme énonciative et conjuguer au passé.

Exemple 3

RECOURIR À LA FORME ÉNONCIATIVE

Si les réponses sont hors sujet, nulles ou anxieuses, au lieu de continuer à interroger, il convient de rassurer en fournissant les données d'orientation de façon affirmative ou par constatation. On continue ainsi à orienter en confirmant l'identité et en respectant les limites. On passe d'une orientation vers la réalité interrogative à une orientation vers la réalité énonciative lorsque les réponses deviennent incohérentes.

I : Regardez cette belle photo de famille, madame Rouanet. Quel est le nom de vos enfants ? [*Forme interrogative*.]
P : C'est dehors qu'il faut aller... C'est la messe. [*Incapacité à répondre*.]
I [*prenant le cadre*] : Si je me souviens bien, c'est votre fille Liliane. Elle vient vous voir tous les samedis.

Celui-ci, c'est Jacques. C'est lui qui vous appelle, et vous parlez à vos petits-enfants. Regardez, vous avez des photos d'eux sur votre table. [*Prenant la photo.*] Ils vous aiment beaucoup, vous êtes une bonne grand-mère pour eux. [*Forme énonciative.*]

Exemple 4

CONJUGUER AU TEMPS PASSÉ

Utilisation du « passé » comme temps de conjugaison des verbes pour inciter la personne à se rendre compte qu'il s'agit d'un souvenir et non de la réalité actuelle.

I : Il est midi, c'est l'heure du dîner, madame Carayol.
P : Il faut que j'aille préparer le dîner pour les petits.
I : Comme cela, c'est vous qui faisiez la popote pour vos enfants ?
P : Je vais être en retard.
I : Je vois que vous êtes fiable. Dans le temps, quand vos enfants étaient encore à la maison, ils devaient aimer que le repas soit prêt à l'heure.
P : Ah oui !
I : Qu'est-ce que vous leur faisiez pour dîner, autrefois ?...

L'utilisation du passé est une façon non menaçante d'orienter la personne en facilitant une différenciation graduelle du présent et du passé : on reconnaît ses souvenirs comme des souvenirs et non comme des événements du présent.

Double avantage : tout en étant non menaçant pour la personne, au lieu de l'empêcher de parler de cette situation, on l'évoque comme un souvenir en le situant dans le bon cadre spatio-temporel.

Moyens de contrer le refus de la réalité

La validation au soutien affectif et la compensation affective

La validation : sans acquiescer aux propos erronés (en utilisant le passé), on accepte le passé et la personne là où elle est. Exemple : au moment où la personne démente parle de sa mère (décédée il y a vingt ans), ne pas la confronter à la réalité de la mort, qu'elle ne peut plus supporter au stade où elle en est de sa maladie ; valider ses propos et en chercher la signification en l'axant sur les sentiments : « Vous l'aimiez beaucoup ? Comment était votre mère ? » – questions pertinentes parlant du vécu, valorisantes.

L'erreur à ne pas commettre : « Votre mère est morte il y a vingt ans déjà ! » : assure le déclenchement d'une « réaction catastrophique » !

La compensation affective : elle vise à assurer présence, chaleur et disponibilité afin de combler le vide laissé par la perte.

> P [*apeurée*] : Il n'y a personne dans la cuisine : où sont passés les enfants ?
> I : Vous aimeriez mieux être avec vos enfants qu'ici, madame Maségur.
> P : On ne fait rien, ici.
> I : Vous vous ennuyez.
> P : Je suis toute seule. Ce n'est pas chez moi, ici.
> I : C'est vrai que c'est pas comme votre ancien chez-vous, ici. Mais c'est là que vous demeurez, maintenant. Moi, je suis ici pour vous aider [*utiliser le toucher*]. Vous savez qu'on s'arrange bien, toutes les deux.

Ne jamais brusquer l'orientation vers la réalité. Suivre le rythme de la personne et reconnaître ses sentiments.

La personne n'identifie plus les objets, oublie à quoi ils servent. Elle emploie des objets à d'autres fins :

– prend une fourchette pour manger la soupe ;

– tente de boire dans une pantoufle ;

– fait ses besoins à côté de la cuvette des W.-C., ne comprenant pas à quoi sert le lieu ;

– met ses boucles d'oreilles dans la bouche et les croque, etc.

Quelques suggestions

– Lorsque la personne utilise un objet par erreur, lui donner l'objet qui correspond à son objectif et reprendre ensuite l'autre d'un air calme, normal, sans exclamation. Exemple : donner une cuillère en reprenant la fourchette avec laquelle la personne essayait de manger sa soupe ; donner un verre en reprenant la pantoufle dans laquelle elle allait boire...

– Il est aussi possible de réaliser soi-même correctement l'action à faire et d'attirer le regard et l'attention de la personne sur soi. Lorsqu'elle nous regarde, lui tendre l'objet avec le sourire, sans commentaire, sans grimace péjorative.

– Si la relation affective avec la personne est bonne, si nous avons gagné sa confiance, nous arriverons alors à la corriger et à lui réapprendre des choses au fil des jours et des mois.

– Par contre, crier quand elle fait une erreur, l'agresser en paroles en ou gestes peut la rendre malheureuse, honteuse, vexée... et l'enfoncer dans sa démence.

– Attention : ne pas la corriger, ne pas communiquer avec elle et faire tout à sa place aggravent sa démence.

Les phrases deviennent incohérentes. La prononciation des mots est perturbée, la personne répète plusieurs fois le même mot ou la même syllabe. Son discours devient incompréhensible. Elle n'arrive plus à se faire comprendre oralement. La personne devient angoissée, nerveuse. Pourquoi ?

Supposons qu'elle ait besoin d'aller aux W.-C. : elle ne se rappelle plus où ils se trouvent, elle a oublié le mot « vécé ». Mais le besoin presse : elle s'agite et essaie à sa façon de se faire comprendre.

Supposons que nous ne la comprenions pas. En la voyant s'agiter, nous l'invitons à s'asseoir, à se calmer. Au bout d'un moment, forcément, elle urinera ou déféquera. Elle peut en avoir honte et nous en vouloir.

Si nous lui faisons des reproches, elle deviendra plus malheureuse encore, ou bien elle s'énervera, devenant agressive.

La personne :

– peut cesser de parler et recracher son repas pour dire : « Je n'ai plus faim » ;

– vous donner des coups de pied dans le ventre pour dire : « J'ai peur du bain. »

Certaines peuvent « plonger », s'enfoncer dans leur monde triste de grande solitude. Attention à ne pas interpréter ce silence comme une démence totale.

Il m'a fallu un an pour m'apercevoir qu'une démente – sénile, il est vrai – était présente lors des activités d'éveil que nous organisions, et avait une faculté de jugement. Elle a qualifié l'activité en occitan : « Ils nous prennent pour des enfants ! » J'en suis resté cloué sur place, sans voix : depuis un an, je passais lui dire bonjour avec le sourire et elle ne m'avait jamais répondu. Ce qui m'avait fait conclure à une démence avancée... Elle m'a renvoyé à mes chères études ! À partir de ce jour, nous avons augmenté la communication et elle est redevenue loquace. Deux ans après, elle est décédée d'une hématémèse... La gérontologie implique l'humilité : savoir qu'on ne sait pas.

Quelques suggestions

– Essayer de décoder en se rattachant à un mot, en apprenant le code de communication non verbal de la personne. Souvent, dès que la personne se voit comprise, elle est encouragée et ose parler, poser des questions.

– Dès que le message est compris, le reformuler verbalement facilite sa mémorisation éventuelle.

– Se placer face à la personne pour qu'elle lise sur les lèvres (mieux vues si elles sont rouges) ; parler lentement ; bien articuler.

– Accepter qu'il y ait des jours avec et des jours sans paroles.

– Vivre au jour le jour.

Attention : la personne peut être présente à tout moment, peut comprendre tout, même si elle ne réagit pas. Le constant changement de l'état de la personne peut tromper, donner de faux espoirs ou, au contraire, orienter sur un pronostic pessimiste. Parfois elle réagit bien à la conversation et peut, par moments, formuler une ou plusieurs phrases correctes et bien prononcées ; répondre juste et avec des mots exacts. Puis perdre à nouveau le fil. Elle se rappelle une chose aujourd'hui pour l'oublier demain, et vice versa.

Toutes ces variations nous empêchent de porter un jugement juste sur sa capacité mentale et de pouvoir prendre des décisions stables et correctes.

La personne ne comprend pas la même chose que nous en entendant le même mot. Décoder : lire sur son visage au lieu d'entendre sa réponse.

Quand vous lui dites : « Ouvre la bouche », elle répond : « Oui », mais ne le fait pas ;

« Tu veux un gâteau » entraîne la réponse : « Non », mais elle prend le gâteau et le mange ;

« Tu veux uriner » entraîne la réponse : « Non »...et elle se mouille cinq minutes après.

Oser décoder le langage comme une devinette, en fonction de l'heure et de l'activité de la personne... Si elle est restée longtemps assise, elle veut peut-être dire qu'elle a envie de marcher ; s'il y a longtemps qu'elle n'a pas bu, qu'elle a soif, etc.

Troubles de la réalisation et de la compréhension des gestes (apraxie)

En premier lieu, la personne n'est plus capable de faire des gestes complexes et coordonnés, comme conduire une voiture ou utiliser un four. Ensuite, elle ne peut plus signer un chèque, s'habiller seule, allumer une cigarette, fermer la porte...

La compréhension des gestes peut aussi s'altérer. Les gestes perdent leur signification courante et la personne ne comprend plus ou comprend autrement nos gestes. Les siens aussi peuvent ne pas s'accorder avec ce que nous attendons, ou avec ses paroles, ses idées.

La personne peut faire les gros yeux et montrer son index d'une façon menaçante tout en disant : « C'est très bon ! »

Une autre, pour trouver un mot perdu, secoue son poing fermé, lève les yeux et mord le coin de ses lèvres comme si elle allait frapper. Ou mordre nos doigts pour nous montrer son mal aux dents ; serrer notre gorge pour montrer qu'elle a mal à la gorge ; manger un morceau de papier pour dire : « J'ai faim. »

Quelques suggestions

– Expliquer aux membres de la famille que leur visite est importante, même s'ils ont l'impression de ne pas être bien reçus. C'est une fausse impression, inhérente à la perte de sens des gestes pour la personne. « Lorsque Jeanne ouvre les bras pour embrasser son père et que ce dernier tourne le dos et s'en va, Jeanne se vexe et se culpabilise. Elle dit : "Il ne m'aime plus, car...", ou : "Il ne m'a pas pardonné pour..." Alors que, tout simplement son père n'a pas compris, ou a mal compris le geste. »

– Relier les gestes et leur signification pour la personne malade. Les mêmes gestes se reproduisent chaque fois, ce qui en facilite la compréhension : retenir la forme du message, car à chaque fois il se reproduira avec la même signification. Pour montrer son envie d'aller aux W.-C., telle personne se déboutonne, l'autre se déshabille, une autre court dans tous les sens, une autre se masse le ventre, une autre demande qu'on l'accompagne sans pouvoir dire où. Dès qu'on comprend la signification du geste et qu'on les amène aux W.-C., ces manifestations disparaissent.

De la même façon, pour montrer qu'elle a soif, elle peut prendre un verre, un bol ou une tasse vide, et faire semblant de boire ; ou essayer de boire l'eau d'un vase ; ou faire le geste de boire dans sa main, etc.

DÉAMBULATION

Quand elle souffre de la maladie d'Alzheimer, la personne marche pendant des heures et des heures, sans but. Elle s'assied deux minutes, puis se lève pour marcher à nouveau ; fait mine de s'asseoir, mais repart aussitôt pour marcher...

L'empêcher de marcher et la contraindre à s'asseoir, puis l'attacher, entraîne agitation et colère. Il y a danger si les déambulations sont si fréquentes qu'elles comportent des risques d'épuisement, de phlyctènes aux pieds, etc. Il faut comprendre que la personne, active durant sa vie, cherche à demeurer occupée et à accomplir des tâches.

Exemple : une femme qui passe son temps à épousseter les différents objets rencontrés sur son trajet. Qu'elle s'arrête pour frotter des poignées de porte ne veut pas dire qu'elle veuille s'enfuir : elle est attirée par la stimulation sensorielle que ce geste lui procure.

La déambulation est parfois consécutive à l'utilisation prolongée de médicaments.

Plus rarement, la personne peut rester toute la journée sans bouger.

Certaines nuits, la personne malade n'arrive pas à dormir : elle est capable de marcher, de travailler et de ranger (ou même de sortir) durant la nuit. Il faut la laisser libre dans la maison où tous les dangers auront été écartés. Après s'être fatiguée, et sous l'effet d'un calmant prescrit, elle laissera tout pour .aller dormir. Le lendemain, fatiguée, elle dormira toute la journée. « Elle prend le jour pour la nuit »... et c'est très épuisant pour la famille, qui ne dort pas la nuit non plus, et hésite à l'enfermer à clé dans sa chambre.

Quelques suggestions

– Déambuler en permanence entraîne transpiration et soif... non exprimée. Faire boire et utiliser pour linge de corps des sous-vêtements en coton plutôt que du Damart.

– Sortir avec la personne et aller marcher dans un parc, dans les rues, ou se rendre dans un supermarché. À condition que la personne qui accompagne contrôle bien la situation, le dehors est « thérapeutique ».

– Pour pouvoir fermer la porte de sa chambre la nuit sans l'inquiéter, il faut cacher la poignée située à l'intérieur de la porte. Un moyen pour y parvenir consiste à fixer un portemanteau au-dessus de la serrure et à y pendre une robe de chambre. Le malade, ne pouvant se concentrer longtemps sur une chose précise et ne pouvant pas trouver la poignée, oubliera l'idée de sortir de la chambre.

Angoisse, irritabilité, illusions

L'angoisse demeure tout au long de la maladie et cause beaucoup d'agitation, de nervosité et, éventuellement, d'agressivité chez les malades.

La personne peut s'angoisser pour son travail au milieu de la nuit, tenter de s'habiller et se hâter de partir au bureau. La famille se récrie. Réaction de la personne : elle peut se fâcher ou avoir honte de son erreur, et devenir triste.

Une femme peut subitement s'angoisser pour son bébé qu'elle croit avoir oublié dans son lit (elle a oublié que ses enfants ont grandi). Elle s'affole, essaie de le rechercher, mais ne sait où aller, s'angoisse de plus en plus. Si nous la forçons à s'asseoir en ne comprenant pas ce qui se passe dans sa tête, elle va s'irriter : elle défend son bébé.

Quand la personne est angoissée, elle court ou marche sans cesse, parle sans arrêt, manipule un objet pendant des heures, met tout ce qu'elle trouve dans sa bouche : « Elle mange le savon ! » Celle qui ne peut pas bouger tire ses draps, ses boutons, ses habits, ses mains et ses doigts, ses pantoufles.

La personne malade peut avoir des hallucinations : entendre ses enfants et vouloir les toucher alors qu'il n'y a personne dans la pièce ; ou des illusions, interprétant des plis dans la couverture comme étant un serpent ; ou elle peut faire un délire de persécution ou de préjudice en accusant un tiers de la voler.

Quelques suggestions

– La personne malade boit notre angoisse comme un buvard l'encre. Très sensible, elle sent si nous sommes nous-même angoissé, et elle le devient aussitôt. L'entourage doit donc être calme et inspirer confiance. Plus la personne aura confiance en ceux qui s'occupent d'elle, moins elle sera angoissée. Boire beaucoup d'eau diminue l'angoisse. Des tisanes calmantes à base de passiflore, valériane, aubépine peuvent être utilisées.

– Si la personne joue avec son sexe il ne faut pas moraliser, mais lui donner autre chose à manipuler. Un homme peut aimer tourner les pages d'une revue. Une femme peut aimer tenir dans ses mains une peluche, un chapelet ou un tissu.

– La personne, en passant devant un miroir, peut ne pas se reconnaître et avoir peur de l'étranger en face d'elle. Si tel est le cas, masquer les miroirs par du tissu.

– Éviter de s'obstiner à raisonner la personne, car plus on parlera d'un objet égaré, plus son attention sera fixée sur cet objet, pour elle volé. Proposer une activité dérivative.

– Garder en réserve un double des objets que la personne a tendance à égarer pour éviter qu'elle ne parle de vol. Connaître les endroits où elle entasse ces objets.

– Éliminer les objets qui créent une illusion visuelle, mais se poser des questions sur la qualité de l'éclairage si les illusions surviennent au crépuscule.

Observation

La personne éprouve d'abord de la difficulté à comprendre les anecdotes et les paroles rapides, à saisir l'humour, à suivre certaines directives explicites ; plus tard, elle bute sur la conversation courante et demande qu'on répète des directives simples ; au stade avancé, elle ne comprend plus la signification des mots.

La personne doit réfléchir de plus en plus longtemps avant de pouvoir communiquer sa pensée ; l'expression perd de sa spontanéité ; la difficulté à nommer les choses et à trouver les mots s'accroît ; le vocabulaire s'appauvrit et la répétition d'un même mot existe souvent.

Sur le plan de la communication sociale, la personne, qui ne fait au début que s'écarter du sujet de conversation ou se répéter, devient peu à peu incapable d'amorcer la conversation, encore moins de la soutenir. Elle pose moins de questions et fuit les situations sociales difficiles. Puis elle se retire complètement de la communication : des sons, voire des cris constituent souvent ses seules formes de communication.

Il est donc essentiel d'observer et de décoder le comportement non verbal pour comprendre ses messages et ses besoins – tâche souvent malaisée, car la personne peut difficilement confirmer l'exactitude de notre compréhension – avant d'en arriver au mutisme qui peut apparaître au stade terminal de l'évolution démentielle.

Quelques suggestions

– Décoder les messages de la personne.

– Observer le comportement verbal et non verbal ; observer la mimique, la direction du regard, le ton de la voix, la posture, la fébrilité des gestes, la couleur du visage, etc.

– Rechercher les expressions de plaisir ou de déplaisir pour vérifier la compréhension de la personne ou son inclination à entreprendre une action, etc.

– Essayer de comprendre les émotions exprimées maladroitement ; communiquer des états d'âme avec des facultés restreintes se révèle ardu ; il importe de s'appliquer à les décoder et d'aller au-delà des mots pour assurer le mieux-être de la personne.

– Isoler les mots-clés : face à un discours incohérent, à un jargon incompréhensible, isoler quelques mots qui reviennent et semblent plus clairs, pour tenter de saisir le sens du message qu'essaie de livrer la personne.

– Livrer notre réel degré de compréhension : ne pas prétendre comprendre la personne si ce n'est pas le cas ; lui dire simplement ce qu'il en est.

– Choisir le moment opportun : l'état de fatigue joue un rôle important. Pour solliciter la collaboration de la personne, il est préférable d'attendre qu'elle soit bien reposée : sa réceptivité sera alors optimale. Éviter de la déranger lorsqu'elle est absorbée dans une activité.

– Remettre notre demande à plus tard si elle semble fatiguée ou si elle refuse de collaborer.

– Respecter les capacités et le rythme : adapter nos demandes aux capacités de la personne. Être disposé à lui accorder plus de temps selon ses besoins et son état.

– Attendre la réponse : accorder un délai suffisant à la personne pour qu'elle puisse répondre.

– Éviter de mettre la pression, de l'interrompre ou de la bousculer lorsqu'elle parle : cela ne ferait qu'augmenter son désarroi. Il faut s'attendre que les réponses tardent de plus en plus, soient moins parfaites ou remplacées par des gesticulations.

– S'efforcer de comprendre : être prêt à tout mettre en œuvre pour comprendre la personne et nous faire comprendre d'elle avec la conviction que cela en vaut la peine.

– Maintenir la parole donnée : tenir nos promesses en dépit des troubles de mémoire de la personne. Il s'agit d'un être humain qui peut, tout comme nous, être blessé, même s'il ne peut le communiquer. Il est étonnant de voir à quel point certaines personnes se souviennent de propos significatifs. La mémoire « affective » semble assez bien préservée chez les sujets atteints de démence.

– Parler d'un ton calme, avec des gestes appropriés : le ton sur lequel nous nous adressons à la personne détermine l'interaction que nous voulons établir. Une voix calme et des gestes empreints de douceur favorisent une réponse calme de la part du malade. À l'opposé, un ton élevé et des gestes brusques seront mal pris par le malade et risquent de provoquer de sa part crainte et méfiance, rendant la collaboration difficile.

– Utiliser le nom de la personne et se nommer : s'adresser à la personne en utilisant son nom ; lui donner notre nom et tout indice qui l'aide à se situer par rapport à nous ; lui expliquer, par exemple, ce qui nous amène auprès d'elle. Être bref mais chaleureux.

– Livrer un seul message à la fois : les capacités affaiblies de la mémoire compromettent la rétention simultanée de plusieurs éléments. Terminer une action avant de passer à la suivante.

– Ne donner qu'une consigne ou directive à la fois.

– Utiliser des mots simples et des phrases courtes : s'exprimer dans des termes concrets, clairs et précis. Les longues explications exigent des efforts d'attention et de concentration que la personne parvient difficilement à fournir.

– Répéter avec les mêmes mots et reformuler s'il y a lieu : lorsque le message a été dit en mots concrets, il est d'abord préférable de le répéter textuellement au lieu de le reformuler. En reformulant (en le répétant en d'autres termes), on risque de dérouter la personne : cela équivaut à lui demander de saisir un nouveau message. Mais si le fait de répéter ne donne pas de résultats, on peut tenter de reformuler le message.

– Ramener l'attention sur l'action en cours : si la personne est distraite, si elle s'écarte du sujet de conversation ou si elle délaisse l'activité en cours pour en commencer une autre, il peut être approprié de lui rappeler délicatement ce qu'elle était en train de dire ou de faire, et de résumer les propos en cours.

– Utiliser les rituels sociaux : les salutations, les poignées de main, les sourires sont des gestes appris, très éloquents et faciles à comprendre.

– Compléter les messages avec des objets ou des gestes : utiliser des objets réels, des images, des gestes, le toucher ou des messages écrits pour illustrer nos propos.

– Désigner l'objet en le nommant augmente nos chances d'être compris.

– Répéter quelques mots du discours de la personne : pour lui confirmer que nous tentons de saisir son message, il est bon de répéter quelques-uns des mots qu'elle utilise. Cette reconnaissance la rassure et montre notre attention.

– Continuer à poser des questions simples : pour préserver l'estime de soi de la personne et nous assurer une meilleure collaboration de sa part, il faut l'aider à rester vive, alerte, et soutenir sa capacité d'attention.

– Éviter les questions ouvertes (pourquoi ? comment ?) ; commencer par lui poser des questions comportant un choix de réponses limité : « Veux-tu du lait ou du café ? »

– Simplifier les questions en les structurant pour permettre des réponses par « oui » ou par « non ».

– Recourir aux énoncés affirmatifs : si la personne présente une détérioration marquée, les questions peuvent être remplacées par des énoncés affirmatifs tels que : « Voici un fruit. » Cette pratique réussit d'autant mieux que l'on connaît ses goûts et ses besoins.

– Faire remplacer les mots manquants par d'autres informations : si, après l'avoir laissée parler plus longuement, nous constatons que la personne éprouve encore des difficultés à trouver ses mots, proposer d'autres mots qui semblent plausibles, ou encore lui demander de parler de cet objet d'une manière différente (à quoi il sert, où il est rangé, etc.).

– Dresser une liste des mots et des gestes auxquels répond la personne : lorsque la communication devient plus difficile, c'est un moyen de rechange pour susciter une réponse.

– Expliquer les actions : précéder d'une explication simple les interventions impliquant des contacts physiques ou la manipulation d'objets appartenant à la personne, et commenter au besoin. Décomposer l'action en plusieurs petites étapes : livrer nos demandes une à une à la personne en l'informant brièvement de chaque étape, juste au moment elle se déroule. En présentant graduellement l'information, la personne peut l'intégrer et sa crainte diminue du fait qu'elle sait ce qui lui arrive.

Par exemple :

Première étape : « On va dîner. »

Deuxième étape : « Nous allons dans le couloir » [*en franchissant la porte*].

Troisième étape : « Au bout du couloir c'est la salle à manger » [*une fois dans le couloir*], etc.

La souffrance de la famille

Face à la personne démente, la famille éprouve une série de sentiments qui sont autant de souffrances : « La famille est la victime cachée de la démence. »

• L'angoisse de l'hérédité suscite la peur de leur future vieillesse ;

– la crainte de problèmes financiers si la maladie continue ;

– la peur de ne pas tenir sa promesse : « Je ne te placerai jamais en long séjour » ;

– le conflit interne entre la volonté de préserver la sérénité familiale et la reconnaissance filiale ou conjugale, car il reste le souvenir de l'investissement antérieur du malade pour les enfants ou pour le conjoint ;

– le chagrin devant l'altération physique du parent qui est devenu méconnaissable pour ceux qui l'ont connu et aimé différent ;

– l'insécurité devant le comportement à avoir face au dément qui agresse.

Au fil des jours, la souffrance se double d'un travail de deuils successifs qualifiés par certains de deuils « blancs » avant l'épreuve :

– deuil de l'espérance de guérison, même si des progrès thérapeutiques existent ;

– deuil de la relation perdue : « Il ne me reconnaît plus » ;

– deuil de l'admiration : « Lui qui était si gentil, si fort, si brillant ! » ;

– deuil du rôle, par renversement des rôles familiaux habituels : les enfants se sentent devenir les parents de leur parent ;

– deuil de l'estime de soi devant l'agressivité manifestée lors du énième comportement perturbateur quotidien du malade. Ne supportant plus cette situation, certains se posent la question du sens d'une telle vie et souhaitent sa fin... tout en se reprochant un tel souhait ;

– deuil de la possibilité de prévoir l'avenir. À long terme mais aussi à court terme, dans le déroulement du quotidien : présence constante auprès du malade, manque de repos la nuit, agressivité de la part du dément, etc.

Quelques suggestions

– Reconnaître l'importance de la contribution de la famille qui reçoit peu de gratifications pour les efforts déployés.

– Enseigner à la famille certaines des suggestions exprimées ci-dessus pour répondre aux situations problématiques.

– Souligner l'importance de réorienter dans le temps, l'espace et avec les personnes ; de la stimulation sensorielle par le biais du toucher et de la manipulation d'objets ; d'éviter d'exercer des demandes excessives vis-à-vis du malade ; d'éviter de rationaliser avec lui.

– Insister sur l'importance de modifier les objectifs et les attentes liés aux visites.

– Intégrer la nature involutive de la pathologie et son irréversibilité.

– Tenter de se centrer sur les capacités restantes et sur les intérêts présents, « ici et maintenant » : musique, photos, jeux simples, manipulation d'objets, toucher.

– Tenter d'apprendre à écouter et à décoder les messages, c'est-à-dire se centrer davantage sur le processus (pensées, sentiments) que sur le contenu du message.

– Insister auprès des membres de la famille sur le fait qu'il n'existe aucune solution miracle satisfaisante à cent pour cent et que le travail par essais/erreurs qu'elle effectue est également celui qui sera effectué par les soignants en institution.

– Savoir être suffisamment « égoïste » pour ne pas s'épuiser : utiliser les aides disponibles, s'aérer quelques heures de temps à autre en utilisant des relais.

– que votre malade est anxieux lorsqu'arrive le crépuscule, car il éprouve un sentiment d'insécurité. En fin d'après-midi, il déambule ou parfois dit : « Où est ma mère ? » ou : « Je veux rentrer à la maison » ; c'est l'« effet crépusculaire ». Prévoyez d'être présent auprès de lui à cette heure-là : organisez vos courses et votre travail en fonction ; éclairez intensément (on traite certaines dépressions par une exposition à la lumière dans les pays nordiques, quand les jours sont courts) ; rassurez : « Je suis là pour prendre soin de toi » ;

– que la surstimulation (grande réunion familiale bruyante) a un effet contraire à celui qu'on en attendait : la personne malade ne sait plus faire le tri entre de trop nombreuses informations qui lui parviennent à la fois, et s'isole ;

– que la sous-stimulation est elle aussi préjudiciable, car la personne, n'ayant pas d'information à traiter, met son cerveau au repos. Il faut donc trouver l'équilibre entre sous et surstimulation selon chaque malade ;

– qu'il faut mettre sous clé les médicaments (ne pas les laisser dans l'armoire de toilette de la salle de bains), le fer à repasser, les allumettes (si le malade fume, rester à côté de lui), l'eau de Javel qui pourrait être bue, etc., jusqu'aux produits insecticides pour le jardin ;

– qu'il ne faut pas mettre en vue ni à portée de sa main des bibelots de petite taille : la personne démente peut les porter à sa bouche et les avaler accidentellement ;

– qu'il ne faut pas avoir de plante dont la mastication puisse poser problème. Ainsi, à l'intérieur, la belle plante verte striée de jaune qu'est le diffenbaca, car sa sève laiteuse est toxique, etc. ; dans le jardin, l'arbuste belladone et ses baies bleues, attirantes mais dangereuses; l'arbre rhux sumac et ses fruits toxiques en forme de cônes bruns, etc. ;

– que la lampe de chevet de la chambre doit être d'une part facile à atteindre, à allumer et à éteindre (par cellule photoélectrique ou contact direct avec la lampe) et, d'autre part, difficile à renverser ;

– du fait que la personne malade a tendance à partir déambuler seule à l'extérieur si elle échappe à la surveillance (on ne peut parler de fugue, car elle n'a pas l'intention de partir pour ne pas revenir ; c'est plutôt du vagabondage ou de l'errance), elle risque de se perdre dans la rue, en ville, ou dans les bois, à la campagne. Prévoyez la nécessité de déclencher des recherches : avoir une photographie récente sous la main, permettant de diffuser rapidement des photocopies ; lui offrir une gourmette portant vos coordonnées et indiquant « troubles de mémoire » (l'avenir est au bracelet avec émetteur miniaturisé qui émet des bip localisables). Quand un parent meurt, cela provoque du chagrin ; mais quand un parent disparaît sans qu'on sache où se trouve son corps, cela provoque de surcroît une détresse et un sentiment de culpabilité qui rendent plus difficile le travail de deuil. Il est absent mais… est-il mort ?

– prévoyez une téléalarme qui vous permettra, si vous êtes seul et devant un problème important, d'alerter rapidement, de demander le secours de services compétents ;

– vérifiez régulièrement que votre appartement, que vous aviez bien organisé au début de la maladie de votre parent, n'a pas, avec le temps, subi des modifications involontaires.

Épilogue

Les nombreuses causes susceptibles de provoquer une pathologie de l'intelligence, une démence, n'ont pas été détaillées : nous avons évoqué – sans tous les recenser – les différents problèmes posés par le malade atteint de la maladie d'Alzheimer.

Toute démence est un cas particulier : chacun débute la maladie avec un vécu différent ; chez chacun, la maladie a une évolution différente.

« Le dément est un riche d'esprit qui est devenu pauvre, tandis que l'idiot a toujours été pauvre » (Jean Étienne Dominique Esquirol).

Docteur Lucien Mias

Remerciements

Je tiens à remercier tout particulièrement les plus grands spécialistes français de la maladie d'Alzheimer qui ont accepté de me recevoir et de me faire mieux comprendre la maladie.

Dr Françoise Forette à Broca (Paris)

Dr Thierry Gallarda et Henri Loo à Sainte-Anne (Paris)

Dr Jacques Touchon au CHU de Montpellier

Dr Florence Pasquier au CHU de Lille

Françoise Richard Marie-Hélène Noël, Pascale Gérardin et Guy Marchal à Nancy.

Philippe Vin et Isabelle Chouette, Nathalie Vaillot

Giovanna Bernard pour « Animagine »

Dr Lucien Mias

Dr Geneviève Demoures

Bibliographie

FEIL Naomi, *Validation : un guide pour aider les personnes âgées désorientées*, Pradel, Paris, 1994.

FEIL Naomi, *Validation mode d'emploi. Communication avec les personnes atteintes de DSDTA*, Pradel, Paris, 1997.

GALLARDA Thierry, LOO Henri, *Compte rendu des premières journées des troubles mentaux, maladies d'Alzheimer et démences apparentée.*

MIAS Lucien, DECOURT E., *Pour un art de vivre en long séjour*, Bayard, Paris, 1993.

Revue neurologique, « Alzheimer 2003 », réunion de la Société française de gériatrie et gérontologie, Masson, Paris, 2003.

REZVANI, *L'Éclipse*, Actes Sud, Arles, 2003.

ROTROU J. (de), *La Tête en pleine forme*, Robert Laffont, collection « Réponses », Paris 2002.

TOUCHON Jacques, PORTET Florence, *La Maladie d'Alzheimer*, Masson, Paris.

XENAKIS, Françoise, *Regarde, nos chemins se sont fermés*, Albin Michel, Paris, 2002.

Sites Internet

Ceci est une liste non exhaustive mais regroupe les sites les mieux documentés et mis à jour :

http://membres.lycos.fr/papidoc/

Paquid

CHU de Montpellier

CHU de Lille

CHU de Rouen

France Alzheimer : www.maladie-alzheimer.com

Fondation Médéric Alzheimer

Fondation nationale de gérontologie : www.fng.fr

Table des matières

7768

Composition Nord compo
Achevé d'imprimer en France (Manchecourt)
par Maury-Eurolivres
le 26 juillet 2005.
Dépôt légal juillet 2005. ISBN 2-290-34521-0

Éditions J'ai lu
87, quai Panhard-et-Levassor, 75013 Paris
Diffusion France et étranger : Flammarion